扬之水 著

物色

金瓶梅读「物」记

中华书局

图书在版编目(CIP)数据

物色：金瓶梅读“物”记／扬之水著．—北京：中华书局，2018.4（2019.4重印）

ISBN 978-7-101-13056-0

Ⅰ.①物… Ⅱ.①扬… Ⅲ.①《金瓶梅》-文学研究 ②文物-研究-中国-古代 Ⅳ.①I207.419 ②K870.4

中国版本图书馆CIP数据核字(2018)第007352号

书　　名	物色：金瓶梅读“物”记
著　　者	扬之水
责任编辑	李世文
装帧设计	李猛工作室
出版发行	中华书局 （北京市丰台区太平桥西里38号　100073） http://www.zhbc.com.cn E-mail:zhbc@zhbc.com.cn
印　　刷	北京图文天地制版印刷有限公司
版　　次	2018年4月北京第1版 2019年4月北京第3次印刷
规　　格	开本／889×1194毫米　1/32 印张7¼　　字数120千字
印　　数	18001-24000册
国际书号	ISBN 978-7-101-13056-0
定　　价	69.00元

目次

1 序 / 江东

1 小引

3 金井玉栏杆圈儿

网巾和网巾圈儿—金玲珑簪儿—金头莲瓣簪子

19 珠子箍儿

梳背儿—面前一个仙子儿—金镶假青石头坠子—
紫销金箍儿—桶子眼方胜儿—溜金蜂赶菊钮扣儿

39 金丝䯼髻重九两

金厢鸦青帽顶子—头发壳子—银丝䯼髻—
金梁冠儿—九凤甸儿

57 金玲珑草虫儿头面

金厢玉观音满池娇分心—一点油金簪儿—金鱼撇杖儿

75 二珠环子和金灯笼坠子

一窝子杭州攒—翠云子网儿—云髻珠子缨络儿—金丁香儿

91 胸前摇响玉玲珑
双栏子汗巾儿—三事挑牙儿—金穿心盒儿

113 鞋尖儿上扣绣鹦鹉摘桃

125 螺甸厂厅床
南京描金彩漆拔步床—黑漆欢门描金床

137 单单儿怎好拿去
拜帖匣儿—螺甸大果盒—戧金方盒—小描金盒儿

157 酒事
银素—银执壶—团靶钩头鸡脖壶—银镶锺儿—
银高脚葵花锺—大金桃杯—金台盘一副—小金把锺儿—
银台盘—杏叶茶匙

197 附：西门庆的书房

213 后记

序 / 江东

说“物”，离不开人情世故。在中国人的生活中，人情永远是主旋律，而“物”是乐队中的主角，它是乐器，没有它，主旋律没法演。礼尚往来，不是空往空来，“物”是往来的媒介。这也许是一大堆废话，但是牵扯到小说《金瓶梅》，就绝对是正正经经的大实话。在小说史上，《金瓶梅》叙写人情世故开出一片新天地，这等于也是说它把“物”写出了新花样。与他书不同，《金瓶梅》事事不离“物”，事事也不离人情世故。《金瓶梅》是人随“物”走，境由“物”生。偏偏是这样明摆着的存在，可我们仍然会把这部繁密深邃的书，用最简化的方式看走了样。比如拿它当闲书看，当淫书看，当史书看，当经济读物看，这也都不要紧，也许各有各的益，但终究不是正途。即使做小说研究，一旦用不相干的种种理论套它，也还是走了样。再说《金瓶梅》小说中有那么多的“物”出现，比如各色金银首饰，还有其他各种生活用具，当然我们是看到的，但若看不到“物”所呈现的信息，那么等于还是没看到。看到与发现是两回事。看看，通常是不用心的扫描，发现是心智的升华。来看张爱玲怎么说的：“就因为对一切都怀疑，中国文学里弥漫着大的悲哀。只有在物质的细节上，它得到欢悦——因此《金瓶梅》、《红楼梦》仔仔细细开出整桌的菜单，毫无倦意，不为什么，就因为喜欢——细节往往是和美畅快，引人入胜的，而主题永远悲观。”这是张爱玲的发现。

以上权作铺垫，为的是让真正的主角——《物色：金瓶梅读“物”记》登场。

书名以“物色”起头，让人眼前一亮，细细琢磨，觉得是一个好有创意的颠覆。对《金瓶梅》文学世界与器物世界的发现，一开始就从书名起航，让《金瓶梅》由人物的情色转移到物色之上，使得戴上几百年淫书恶名的《金瓶梅》一下子会减轻不少压力，变得中性些。更重要的是，用看物色的眼光，可能会改变原来看走样的旧习。

“物”在《金瓶梅》中，多半停留在生活的功效层面，但是由“色”入“物”，它的功效就进入审美层面。常听水墨画家说，让墨中见色，画才有精神，可见色是个提神的好东西。在《金瓶梅》这部大书中，性爱的直观描写，应该是情色表现的一个低端配件，床笫之事的情色，需要市井味的点染，但它毕竟是端上宴席的一碟小菜。真正意义上的情色叙事，会放在“物事”的捏拿、运筹、算计之中。“情色”二字上面堆积了太多的涵义，除了感官刺激外，还有欲望、金钱、权力、梦想，甚至还有那个说不清道不明的佛教色空观。情色在小说中无处不在，可是一般读者感知体会情色的内涵又难探得究竟。以物色看待情色，以物色串联情色，便不再难以捉摸，而是使情色的真相处处可见，这是本书的过人之处。

就我以往读《金瓶梅》的经验而言，这本大书实在是繁密细碎，不像读情节跌宕起伏的那类小说来得痛快。但若按快读粗读法，又会尽失这本大书无穷的妙处。且不说别的，欧洲小说史上是把福楼拜作为现代小说的奠基者，若把《金瓶梅》与福楼拜的《包法利夫人》比较，会发现二者在叙事方式上具有惊人的相似，它们都把作者的个人态度与倾向性隐藏起来，叙事克制，降低甚至删除感伤与抒情的成分，越客观越好。诞生于十六世纪的《金瓶梅》，具有这种超前的“现代感”，实在令人惊叹。《金瓶梅》看似好读，慢慢沉下去读，又觉得好难读。意思的碎片化，故事的碎片化，而且没有多余的想象空间，这是它叙事上的一个特质。其实这也正是作者的意图：我无需强化什么，引导什么，只是呈现，不作解释。扬之水的《读“物”记》，正好是接通《金瓶梅》这种叙事文本的最佳选择。

《读“物”记》一如作者以往的考证性质的著述，一器一物，皆立说有据。但是本书与以往名物研究的最大不同，在于书中的考证既以《金瓶梅》文本为依托，又不受考证的束缚，匠心独运，拿出新的解读方式，让考证切贴小说的筋脉游走。所触之处，人物的细微情态一一激活，既照顾了名物研究的落实，又凭借考证的功力把器物的每一个细节点精准捕捉到位，然后探究寻找各个细节点的隐秘联系，从人们忽略的那些缝隙之中，获取有价值的种种信息。

扬之水深悟，“物”之细节就像毛细血管，是给小说的肌体提供循环的血液，小说的生命就是靠此存活。尤其是《金瓶梅》，细节的繁密似网状一般，使人称奇。扬之水的眼光，不同于古典小说研究者或小说评论家，如对小中之小的细节，对小中之小的物件，有异乎寻常的热情与专注，而且经过她的处理，所举之事，推敲之物，无不凸现活勃勃的生机。这里关键在于，她把对《金瓶梅》情色的认知转换到对物色的认知，一字之差的变动，却把解读的境界提升了一大截。她把情色缩小到物色上来观察，以小见人，别有洞天。

像这样以物色串联情色的事例，书中随处可见，把同样的一器一物放在不同的小说情境中比较，许多在人性、人情上面的遮盖物就被揭开，露出真实的面目来。解读这样的“细节密码”，总有意外之获。比如书中的《金丝䯼髻重九两》一篇，解读《金瓶梅词话》第二十回中李瓶儿拿出的这一件物事，就是从始至终物色与人情交织的一个典型例子。这一节不仅以“物”见人，而且与后来人物的命运相连，线索远不止一条两条。第一见出瓶儿的财，兼及她过门后为人行事的变化。第二见出西门家此际尚止小康。第三见出几种后来不断出现的首饰样式。第四见出金莲的性情，即西门庆说她的凡事掐尖儿。对价格的了解，因为她曾是卖炊饼的武大郎的娘子，来自市井，而且是市井之下层，所以毫不足怪。此外，她在随后场景中把自己和西门庆的这一番对话不失时机对瓶儿当众点出来，也是暗示自己在西门庆那儿的地位。第五，就是这一篇里的最后一句话，九凤钿上聚了“金”“瓶”“梅”三个人的影子。再来看书中提到的物事“穿心盒”，把它拿来与西门庆命运并举，还有潘金莲怕偷情暴露，忙用穿珠子箍儿的手艺活遮掩，此时的“穿珠子箍儿”，也被作者作了命运不祥的暗示，这些“细节密码”的呈现，真是见他人之不可见。老托尔斯泰说，“无限小的因素”决定着作品质量的高低，决定着创作的成败，只要是或多一点，或少一点，就可能丧失全部的感染力。无论是《金瓶梅》作者，还是扬之水，他们都深晓最小细节的大用场。

用看物色的眼光，去看《金瓶梅》的故事、人物，功效甚巨，这是作者了不起的一个贡献。

除了精湛的学术专业功底，作者还具备文学家的心灵，更为重要的是具有视觉艺术家的思维与眼光。文字的形象表达，图像运用的说服力，均得助于这种特质。这让我想起了明人袁中郎。他在写给董其昌的信中极力称颂《金瓶梅》“云霞满纸”，他看小说不是以散文大师的眼光看，而是以画家的眼光观之，真是通达。

通过物色找到解读《金瓶梅》的入口，同时也经由视觉的呈现，使《金瓶梅》由平面的纸质转化到立体的空间，这是本书两大奇妙之处。

书中文字与图像筋骨相连，气脉一体，对于文物图像的解释总能还原其本色，使得《金瓶梅》的生活现场、人物情态呼之欲出。那些被作者收集的出土文物，一一精准对应，就像刚从人物身上取下来，生机活现。二百幅与文字叙述相呼应的图像，使小说《金瓶梅》成了一个纸上的缩微博物馆，这对于古典文学爱好者是一件多么快意的事。

作者谈到："《金瓶梅》里的金银首饰，可以说是《金瓶梅》研究的小中之小，但它却是我名物研究的入口……政治史、思想史、经济史，都不是我的兴趣所在，即便物质文化史的分支服饰史，对我来说还是太大。我的关注点差不多集中在物质文化史中的最小单位，即一器一物的发展演变史，而从如此众多的'小史'中一点一点求精细，用不厌其多的例证慢慢丰富发展过程中的细节。"可知这本书的写作是一个还愿。

好多年前，我问扬之水为何屡次提及《金瓶梅》给她的学术方向带来的影响，因为，这只是一本小说，不是正正经经的学术书。面对我的疑虑，她说，《金瓶梅》里我感兴趣的是首饰、服饰，这涉及明人具体的生活状态，研究这里面的一器一物，比空疏地去研究一些大项，可能更适合我。听后顿时释然。

后来人们就看到她一发而不可收的学术成果。这些在学界产生影响的名物研究著作，人们很难想象，其原动力竟与一本古典小说有如此隐秘的联系。这也说明在学术研究中感性经验的作用何其大矣。读扬之水的著述，不会感觉前面有一道玻璃幕墙似的障碍，观点、材料朴素地摆在那儿，加上通达的表达方式，让人一看就舒服亲切。顺便稍带一句，学术研究上出现的所谓“隔”与“不隔”的现象，或多或少总与过于强化知识的累积、理论的架构有关，却把感性的经验踢出了门外。再从文体上看，本书里没有大块文章，承袭了中土笔记文的优良之风。《金瓶梅》中那些不被关注的小问题，一经笔下游走，生趣毕现。过去一听谁说“化腐朽为神奇”就生厌，可是作者的文字实在好，让你信服真有这样的力度。比如，那么几处点染，几笔素描，古器物马上就有了可触摸的质感。这不由使我想到，如果这些出土文物不被作者放在这本书里复活，放在这样精彩绝伦的还原过程之中，那是一件多么遗憾的事情，由此它们的文物价值怕也是要打折扣。

人们总在说，好书难寻，但好书真到了面前，你会发现吗？这我真不敢保证。

小引

《金瓶梅》写“物”，而以写“物”来写人，写事，写情，张竹坡的评点对此已是留心，比如他觑得西门庆与潘金莲初遇时手里的一柄洒金川扇儿前前后后数度现身，而使得几条线索若即若离、不即不离，时时掀动颜色，遂赞道“写一小小金扇物事”，“吾不知其用笔之妙，何以草蛇灰线之如此也”。以物色串联情色，是《金瓶梅词话》的独到之处，运用之纯熟，排布之妥帖，中国古典小说中几无他作可及。如果说作者的本意是在“物”与人的周旋中宛转叙事，那么数百年后我们得以借此辨识物色，进而见出明代生活长卷中若干工笔绘制的细节，也算没有辜负《词话》作者设色敷彩的一番苦心。

当代《金瓶梅》研究，对小说中物事的妙用自然也不曾放过，只是活跃在书里且为作者控纵自如用来铺设线索、结构故事的一器一物，究竟何器何物，毕竟样态如何，似乎多未经人援引考古发现并以图证的方式揭出，虽然二十七年前上海古籍出版社出版的《金瓶梅鉴赏辞典》中的《陈设器用》之部已经有了很出色的成绩。如是而讨论小说中“物”的妙用，未免仍有些“隔”。书名题作“物色”，此即命意之一。“色”在这里，是着眼于“物”的发明，而它原本出自《文心雕龙》，前贤之成说，自可为之赋予更多的意味。

本书所据版本为人民文学出版社一九八五年版《金瓶梅词话》（戴鸿森校点），行文中便多简称为《词话》。

金井玉栏杆圈儿

《金瓶梅词话》第二回《西门庆帘下遇金莲　王婆子贪贿说风情》，乃西门庆初登场，其时正是“三月春光明媚时分”，西门庆“头上戴着缨子帽儿，金玲珑簪儿，金井玉栏杆圈儿，长腰身穿绿罗褶儿，脚下细结底陈桥鞋儿，清水布袜儿，腿上勒着两扇玄色挑丝护膝儿，手里摇着洒金川扇儿”。

《词话》写物之好，特在于句句是本色语，适如徐文长《题昆仑奴杂剧后》所云“语入要紧处，不可着一毫脂粉，越俗越家常，越警醒，此才是好水碓，不杂一毫糠衣”[1]。这一幅西门庆小像，也是如此。一句“金井玉栏杆圈儿”，似乎略见颜色，其实依然白描。“金井玉栏杆圈儿”，此物式样如井圈也，便是个

[1]《徐渭集》第四册，页 1093，中华书局一九八三年。

玉环儿，内径又贴嵌一道金箍。或曰金井玉栏杆圈儿是巾环，然而巾环要是头巾才用到。虽然《词话》前文刚刚说道“妇人正手里拿着叉竿放帘子，忽被一阵风将叉竿刮倒，妇人手擎不牢，不端不正却打在那人头巾上”；后面又言：“那人一面把手整头巾，一面把腰曲着地还喏道：‘不妨，娘子请方便。’”但这两段却都是从《水浒传》里几乎原样拿来。《水浒传》第二十四回，“这妇人正手里拿叉竿不牢，失手滑将倒去，不端不正，却好打在那人头巾上”。“那人一头把手整头巾，一面把腰曲着地还礼道：‘不妨事，娘子请尊便。’”而《词话》作者下心描绘西门庆的一身妆束，则明明说他是戴着缨子帽儿，正如第五十二回，彼时也当季春，陈经济“穿着玄色练绒纱衣，脚下凉鞋净袜，头上缨子瓦棂帽儿，金簪子”[1]。第八回金莲嗔道西门庆久不至，“一手向他头上把帽儿撮下来，望地下只一丢，慌的王婆地下拾起来，见一顶新缨子瓦楞帽儿”。而缨子帽儿是用不到巾环的，何况巾环惯以“环”称，而很少呼作“圈儿”。那么此圈儿，当是网巾圈儿。第三回西门庆道：“就是那日在

[1] 相似者又有第九十八回，“那时约五月，天气暑热，经济穿着纱衣服，头戴瓦垅帽，金簪子，脚上凉鞋净袜”。这里的瓦垅帽与前面说到的缨子瓦棂帽子，应为同一物事。

门首叉竿打了我网巾的，倒不知是谁宅上娘子。”正与前文回应得的确：要是偏了帽子才可以碰到网巾。此缨子帽儿，似即明陈大声《水仙子·织凉帽》一曲所咏凉帽，曲云“团花六瓣要分撒，朴素单檐宜细法，炎天暑月高抬价。暎琼簪笼绿发，称王孙白葛轻纱”[1]。暎乃映之异写，如此，它该是透亮的[2]，凉帽下映琼簪，正如同西门庆的缨子帽儿下映现出金玲珑簪儿来。山东邹城明鲁荒王墓出土一顶细竹篾编制的笠子，或是这一类帽儿的早期样式[3]〔图1-1-1〕。

缨子帽儿，绿罗褶儿，洒金川扇儿，或可算得春日里富家子弟的时尚行头。云水道人《蓝桥玉杵记》第十八齣写金万镒路遇李晓云，金出场之际先唱道：“春色满园，红杏绿杨鲜，清明祭扫，仕女遍郊原。”然后自报家门：“自家金万镒是也。富豪冠世，才智

[1] 陈铎《滑稽馀韵》，引自路工《访书见闻录》所收作者录傅惜华旧藏万历刊本，页321，上海古籍出版社一九八五年。

[2] 此与李时珍《本草纲目》中说到的“笠子”大约是同一类物事，制作材料也或相近，该书卷三十八：“近代又以牛马尾、棕毛、皂罗漆制以蔽日者，亦名笠子。”

[3] 鲁荒王卒于洪武二十二年。发掘报告曰：此“竹编圆顶笠帽……内外髹黑漆，外裹纱布已朽尽”。山东博物馆等《鲁荒王墓》上册，页71，文物出版社二〇一四年。按竹笠今藏山东博物馆，本篇照片为参观所摄。

〔1-1-1〕
竹笠
山东邹城明鲁荒王墓出土

〔1-1-2〕
《蓝桥玉杵记》插图
中国国家图书馆藏万历刊本

过人，更有两个家僮，十分伶俐，一个唤作金张良，一个唤作金韩信，常随我花街柳巷，倚翠偎红，绿野青郊，斗鸡走狗。”版画插图据此绘出的形象，正可与西门庆的出场相映照[1]〔图1-1-2〕。

帽儿下面必要有的网巾，原是明代男子首服中最基本的一项。或云它是朱元璋洪武初年所倡[2]，不过网巾在元代已经出现，河北隆化鸽子洞元代窖藏中一件生丝编制的网巾，即为实例[3]〔图1-2〕。那么应该说它的普遍施用，是在明代。李时珍《本草纲目》卷三十八：“罩发之络曰网巾，近制也。”《词话》第十六回，“西门庆于是依听李瓶儿之言，慢慢起来，梳头净面，戴网巾，穿衣服”；第二十四回，西门庆起的迟了，“旋梳头，包网巾，整衣出来”，是情景之一般。明代通俗日用类书《正音乡谈杂字大全》“网

[1] 万历浣月轩刊本，《古本戏曲丛刊初集》影印。此剧《凡例》云：“本传逐齣绘像，以便照扮冠服。”不过仍是绘出生活场景以为妆扮之提示。

[2] 明郎瑛《七修类稿》卷十四曰：“太祖一日微行，至神乐观，有道士于灯下结网巾，问曰：‘此何物也？’对曰：‘网巾，用以裹头，则万发俱齐。’明日，有旨召道士，命为道官，取巾十三顶颁于天下，使人无贵贱皆裹之也。”

[3] 隆化民族博物馆《洞藏锦绣六百年：河北隆化鸽子洞洞藏元代文物》，图二五，文物出版社二〇一五年。按书中推测它是女性用物，似不然。本篇照片为观展所摄。

〔1-2〕
网巾
河北隆化鸽子洞
元代窖藏

〔1-3〕
《三才图会》
中的网巾图

巾”一项列出几十条词汇，如“乡音”下的“网巾带”“网巾边”“网巾抽”“网巾环”以至于“缚网巾”[1]，等等，由此也可见组成网巾的各事以及它的“缚”法。《三才图会》中的网巾图把网巾带、网巾口边的一对网巾圈儿以及带和圈儿与网巾的系结方式，都画得很清楚〔图1-3〕。以它的式样下边大，上边小，前面高，后面低，因也称作“虎坐网巾”。明陆嘘云《世事通考·衣冠类》“虎坐网巾”条下注云：“今人取巧，特结前高后低如虎坐之像，名曰‘虎坐网巾’。”网巾口以绢帛沿边，即所谓“网巾边”；网巾边上系带，即“网巾带”；网巾带从一对小环中交相穿过系结于后，这一对小环便称作“网巾圈”。第八回潘金莲对玳安说道，想必西门庆“另续上了一个心甜的姊妹，把我做个网巾圈儿，打靠后了”，即此。长发以玉或金银短簪在头顶挽作发髻，罩了顶上留着孔的网巾，则发髻上露而馀发不乱。这之后，尚须再裹巾或戴帽戴冠，因此网巾平常都是影在巾帽里边的。世德堂本《裴淑英断发记》第七齣《德武被拿》，

[1] 此书全名为《新刻增校切用正音乡谈杂字大全》，明末刻本，收入《明代通俗日用类书集刊》第十五辑（中国社会科学院历史研究所文化室编，西南师范大学出版社等影印）。

插图绘出德武被一条锁链套在颈上，头上没有了巾帽，这时候方露出网巾来[1]〔图1-4〕。

网巾的制作多以马尾或线，也有绢布。又有用到头发的，《词话》第十二回，西门庆为着笼络丽春院的李桂姐，因向潘金莲要头顶心的一绺头发，谎称“我要做网巾”，“要你发儿做顶线儿”。顶线儿，当是网巾上端收口用的抽绳儿。网巾圈的材质，或玉，或金，或银和银镀金，明佚名著《如梦录》记开封故事曰，靠近周府东角楼处有结帽匠，俱是工正所人，“周府时常发出破网巾一二十顶洗补，上定金圈及羊脂玉、碧玉、玛瑙、紫金等圈，其宝无比”。周府，即周藩王府。羊脂玉、碧玉及玛瑙之类，一般人家大约很少用到[2]，常见者为金、银或银镀金。山东淄博

[1] 马文大等《明清珍本版画资料丛刊》（一），页203，学苑出版社二〇〇三年。

[2] 据定陵发掘报告，出自万历帝棺内头部的一个网巾匣，匣内“缨子顶素网巾”十二件，网巾系用生丝编制，上端穿丝绳，下方收口以绢制的绦带缘边，两端缀丝绳，绦带两头钉宝石或猫眼石一块，宝石或青或红，或圆孔环形，有的还镶嵌在背面有龙纹的金托内，网巾或拴以小绢条，上有墨书三行：四月二十六日进上用缨子顶素网巾一顶。大约原初均系绢条，只是大部残朽了（中国社会科学院考古所等《定陵》，页202，文物出版社一九九〇年）。今按：报告所云与绦带相连的下有金托内嵌宝石的“圆孔环形”物，当即网巾圈。

〔1-4〕
《裴淑英断发记》
万历世德堂刊本

周村汇龙湖明代墓地一号墓出土一枚金环，直径0.8厘米，出土位置在墓主人耳边，环上且残存一小截织物[1]〔图1-5-1〕，此金环应该就是网巾圈。湖北广济县（今武穴市）明张懋夫妇合葬墓出土一对金网巾圈[2]〔图1-5-2〕，难得在于它是同网巾结合在一起而原样著于主人之首，网巾圈的用法，便正是情歌所谓“日夜成双一线牵”“当面分开背后联”（冯梦龙编纂《山歌》卷六《咏物》中的《网巾圈》二首之一）。西门庆的“金井玉栏杆圈儿”今虽未见实物，不过由金圈儿的样式和尺寸，推知其式不难。网巾圈儿的质地不同，《词话》便也借此巧做文章。如第十二回曰“谢希大一对镀金网巾圈，秤了秤，只九分半”，是见其寒俭也。饶是分量极轻，它也还可以送到当铺里救救急。第二十八回，小铁棍儿见陈经济手里拿着一副银网巾圈儿，便问：“姑父，你拿的甚么？与了我耍子儿罢。”经济道：“此是人家当的网巾圈儿，来赎，我寻出来与他。”而正是由此一副网巾圈儿，又步步推出金莲因

[1] 南开大学考古学与博物馆学系《山东淄博周村汇龙湖明代墓地发掘简报》，页31，图八〇，《中国国家博物馆馆刊》二〇一五年第二期。按简报称作“金耳环”。

[2] 王善才《张懋夫妇合葬墓》，图五二，图版二四：1（此称作“睡帽”），科学出版社二〇〇七年。

〔1-5-1〕
金网巾圈
山东淄博周村汇龙湖明代墓地一号墓出土

〔1-5-2〕
网巾与网巾圈
湖北广济县（今武穴市）明张懋夫妇墓出土

失落一只红睡鞋引出的一连串事件。

金玲珑簪儿，指镂空制作的细巧簪子，分别出自江苏江阴长泾九房巷明夏彝夫妇墓和无锡明黄应明墓的两枝金簪，都可以算作这一类。前者簪顶一朵菊花，古禄钱为花心，底下是一带回纹连着玲珑古禄钱，下面錾几片蕉叶略见古意，通长 11.8 厘米[1]〔图1-6-1〕。后者是一枝金玲珑螭虎簪，簪首与簪脚的相接处拱起一个小弯，这是男用的式样。螭虎簪顶端原嵌宝石，出土时已失。簪首一对螭虎搅风动水，在雨雾中头尾相抵交缠成团，行将破浪飞去的一瞬带起一线烟水，于是收束为一枝玲珑簪脚，通长 12 厘米[2]〔图1-6-2〕。《词话》第三十四回写应伯爵眼中的书童，也是从头到脚妆束得精细：“头带瓦楞帽儿，扎着玄色段子总角儿，撇着金头莲瓣簪子，身上穿着苏州绢直裰，玉色沙褷儿，凉鞋净袜。”书童虽为仆从，却是西门庆的男宠，这一节要说的是“书童儿因宠揽事”，因此特意借了伯爵的一双眼见出书童的形容自有一番不同。“撇着金头莲瓣簪子”而点明“金头”，那么通常是簪首金、簪脚银，如浙江嘉兴明项

[1] 今藏江阴博物馆，本篇照片系观展所摄。

[2] 今藏无锡博物院，承馆方惠允，得以观摩实物，并惠予照片。

〔1-6-1〕
金玲珑花头簪
江阴明夏彝夫妇墓出土

〔1-6-2〕
金玲珑螭虎簪
无锡明黄应明墓出土

氏墓出土一对金裹头银簪子：银簪脚，金簪首顶着一朵梅花〔图1-7-1〕。金头莲瓣簪子，则有湖北蕲春蕲州镇姚塆明荆王府墓出土的一枝，乃通体金制[1]〔图1-7-2〕。关于簪钗式样，西门庆周围的女人《词话》着墨最多，且各个串连着故事，分别隐现于缨子瓦楞帽儿下挽发的金簪子，在西门庆，在陈经济，在书童，都不是闲笔，既以物来写人，更为以后的写事布下草蛇灰线。此回已是分派书童一个主要角色，下一回“书童儿妆旦劝狎客”，便另是一番形容：席间书童被应伯爵斯缠着妆旦，西门庆旋使玳安往后边去，“问上房玉箫要了四根银簪子，一个梳背儿，面前一个仙子儿，一双金镶假青石头坠子，大红对衿绢衫儿，绿重绢裙子，紫销金箍儿”。又“要了些脂粉，在书房里搽抹起来，俨然就是个女子，打扮的甚是娇娜”。衫裙之外，这里说到头上的几样物事，也正是明代女子的首饰之大要。

[1] 前例今藏蕲春县博物馆，后例今藏嘉兴博物馆，照片均为观展所摄。

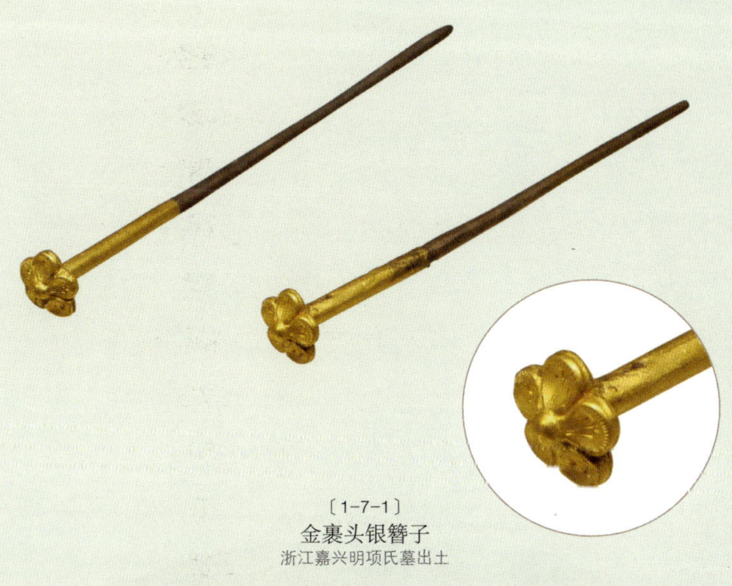

〔1-7-1〕
金裹头银簪子
浙江嘉兴明项氏墓出土

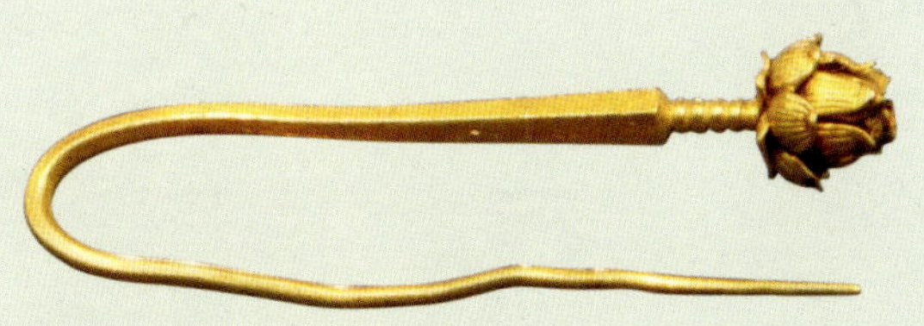

〔1-7-2〕
金头莲瓣簪子
湖北蕲春明荆王府墓出土

珠子箍儿

“四根银簪子，一个梳背儿，面前一件仙子儿，一双金镶假青石头坠子，大红对衿绢衫儿，绿重绢裙子，紫销金箍儿”，这是《金瓶梅词话》第三十五回写书童为着“妆旦”向玉箫借来的几件物事。

所谓“梳背儿”，是指梳脊包金或包银的木梳，这是宋元以来的传统做法。常州万福桥镇澄路出土金梳背儿，弯梁的两个窄边沿边打出两道弦纹，弦纹两端各以花叶为收束，是式样简单的一种〔图2-1-1〕。纹饰讲究者，有出自常州武进前黄的一枚蝶赶花金梳背，弯梁中间打制一溜儿四时花卉：桃花、牡丹、莲花、秋菊、梅花，弯梁两端各一只采花蝶[1]〔图2-1-2〕。也还有材质华贵的一类，如无锡县安镇出土一枚金镶

[1] 前例常州博物馆藏，后例武进博物馆藏，本篇照片为参观所摄。

〔2-1-1〕
金梳背儿
常州万福桥镇澄路出土

〔2-1-2〕
蝶赶花金梳背
常州武进前黄出土

玉嵌宝包背木梳。然而此等富丽者却非玉箫可有，这里未言质地，推想不过银或银镀金之类。

“面前一件仙子儿”，说的是簪首装饰仙人儿的挑心。第七十五回如意儿借了西门庆与她有些不伶俐的勾当，因对西门庆说，“迎春姐有件正面戴的仙子儿要与我，他要问爹讨娘家常戴的金赤虎，正月里戴”，那“正面戴的仙子儿”，也是此物。“挑心”之称，列在明人编纂的《世事通考·首饰类》项下，它是插在发髻正面位置的一枝，固定在背板的簪脚插戴时可依己意调节方向，或后伸，或上挑，总是簪戴于当心，在全副插戴中因此特别引人注目。坐佛、观音、摩尼、群仙、花卉，是挑心常用的装饰题材。无锡大墙门出土麻姑献寿金挑心〔图2-2-1〕，常州清潭工地明墓出土银鎏金仙人挑心[1]〔图2-2-2〕，都可以归在群仙一类。出自无锡的金挑心以层叠的大小云朵制为背板，花台捧出的女仙头顶一枝凤，手托菊花盘，盘里满盛鲜桃，翻卷的披帛牵风随云，平直后伸的簪脚接在背板，显示它是插在中心位置的挑心。出自常州的银挑心，底端一个中心结着莲蓬的莲花座，两边涌出

[1] 前例今藏南京博物院，后例今藏常州博物馆，本篇照片为参观所摄。

祥云，莲花座上的女仙头顶花冠，腰垂打着同心结的带子，手拈一枝弯了几弯的莲花，背后一柄上挑的簪脚。“面前一件仙子儿”，由此两枝可得其概。

耳坠与耳环——《词话》每称耳环为环子，通常是和场面上的盛妆相配——不同，耳坠的脚与坠儿是分制为两个部件然后组装在一起，因此坠儿是可以摇荡的，自显俏丽。吴伟《铁笛图》中一个持笛小鬟戴的便是嵌石头的坠子[1]〔图2-3〕。南京郊区出土的金镶宝珠子耳坠，弯脚下挑出金累丝的花叶盖，花叶抱出一对红石头，下面拴了一颗珠子[2]〔图2-4〕。轻俊，鲜媚，所谓“打扮的甚是娇娜”，也要有这么一对才好。而“生的清俊，面如傅粉，齿白唇红”，“善能歌唱南曲”的书童，必是扎了耳朵眼儿的。

“紫销金箍儿”，即头箍，是用作裹额的一道绢帛。“紫”乃箍儿的颜色，“销金”，则是箍儿上的洒金装饰。第四十二回道“王六儿头上戴着时样扭心鬏髻儿，羊皮金箍儿”，也说的是它。“羊皮金箍儿”，是箍儿用了羊皮金沿边。宋应星《天工开物》卷八说到羊皮金的制作：“秦中造皮金者，硝扩羊皮使最

[1] 上海博物馆藏，此为参观所摄。

[2] 今藏南京市博物馆，此为参观所摄。

〔2-2-1〕
麻姑献寿金挑心
无锡大墙门出土

〔2-2-2〕
银鎏金仙人挑心
常州清潭工地明墓出土

〔2-3〕
吴伟《铁笛图》局部
上海博物馆藏

〔2-4〕
金镶宝珠子耳坠
南京郊区出土

薄，贴金其上，以便剪裁服饰用，皆煌煌至色存焉。”所云“贴金”，贴的是至轻至薄的金箔，费金极少，却可得煌煌然耀目之效。头箍上面又常常装缀各样珠花，因每称作珠子箍。第七十八回春梅的打扮便是“头上翠花云髻儿，羊皮金沿的珠子箍儿”。朱有燉《新编四时花月赛娇容》杂剧里菊旦唱的一支〔正宫·脱布衫〕，道是“百宝妆璎珞带起，真珠砌头巾款系”，这里的“砌”，指缝缀，那么说的就是用珠子箍裹额。故宫藏一幅明人容像亦即“喜容”[1]〔图2-5〕，立在主人一旁的侍女红衫子，绿比甲，巧尖额上勒着珠子箍，头顶挽高髻，环髻插了五七枝金花头簪，耳垂儿挂着金镶石头坠子。“四根银簪子，一个梳背儿，面前一个仙子儿，一双金镶假青石头坠子，大红对衿绢衫儿，绿重绢裙子，紫销金箍儿”，妆扮起来，必是与这画图相差不多，当然还要加添“面前一件仙子儿”。

珠子箍也称头箍，礼书中名之为“珠皁罗额子”。制定于明代前期的《明宫冠服仪仗图》把它分别列在《中宫冠服》及《东宫妃冠服》的“礼服”项下，前者述其式曰“描金龙文，用珠二十一颗”；后者则

[1] 杨新等《故宫博物院藏文物珍品大系·明清肖像画》，图三九，上海科学技术出版社等二〇〇八年。

〔2-5〕
明人容像局部
故宫博物院藏

“描金凤文，用珠二十一颗”[1]〔图2-6〕。不过此物却并不是皇后与东宫妃专属，上至皇室，下至命妇乃至富室女眷，使用的范围其实很广，并且不仅宽窄不一形制多样，饰物也并不仅限于“珠”，而多是金银珠宝相辉映。嘉靖权相严嵩败官后抄家，登录严府浮财的《天水冰山录》中有“珍珠冠头箍等项”，其中列有“珍珠大头箍二十条，珍珠小头箍二十条”，所谓大小，似即宽窄之别。一等的镶玉镶宝，《天水冰山录》列有“金厢珠宝头箍七件，连绢共重二十七两九钱八分；金厢珠玉宝石头箍二条，共重一十六两一钱五分”，由分量也可推知它的妆点豪华。珠子箍上面的金饰或用作花蕊，或用作宝石的托座。箍上的珠花常常是三大朵，金宝花便每为点缀其间的各式小件。出自湖北蕲春蕲州镇明都昌王朱载塎夫妇墓十数枚大小不一的金镶宝花叶和一对蝴蝶[2]〔图2-7-1、2〕，每个上面都有数量不等的细孔，应该就是缝缀在珠子箍上面的饰件。定陵出土孝端后的一条珠子箍，上面缀着

[1] 《明宫冠服仪仗图》编辑委员会《明宫冠服仪仗图》（北京市文物局图书资料中心藏稿本），北京燕山出版社二〇一五年。

[2] 蕲春县文物局等《湖北蕲春荆王府》，页128～129（称“金花饰”），湖北科学技术出版社二〇一四年。按今藏湖北省博物馆，承馆方惠允，得以细审实物并拍照。

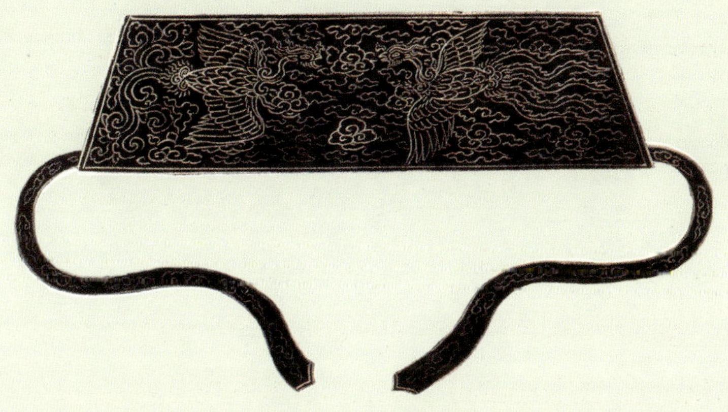

〔2-6〕
东宫妃冠服 · 礼服 · 皁罗额子

〔2-7-1〕
珠子箍上的金花饰
湖北蕲春明都昌王朱载埨夫妇墓出土

〔2-7-2〕
珠子箍上的金花饰
湖北蕲春明都昌王朱载埨夫妇墓出土

〔2-8〕
珠子箍
湖北蕲春蕲州镇九龙咀明墓出土

金累丝镶宝珠折枝西番莲七枚。湖北蕲春蕲州镇九龙咀明墓出土一条珠子箍，珠花大小三朵，金花大小五枚，小金花缀在珠花中心为花蕊，大金花依傍两边为点缀，中间一大朵珠花的下方各一尾浪花中跃起的鲤鱼，与它呼应处的珠花上方则是腾身于祥云中的飞龙，却是鱼化龙故事[1]〔图2-8〕。当然既以“珠”为名，珠花为饰自然最常见，明代容像所绘多是如此[2]〔图2-9-1、2〕。江苏武进明王洛家族墓地一号墓出土一条头箍，为王洛妻盛氏之物，头箍上缝缀珠子穿制的

[1] 前例今藏武进博物馆，后例今藏蕲春县博物馆，此为参观所见并摄影（后例展品说明作“镶金嵌银龙凤头巾”）。

[2] 如蔚县博物馆藏明郝杰夫人吴氏容像，又常熟市碑刻博物馆藏明隆庆二年刻石《归氏四世像》中的郁孺人，妇人翠云冠的口沿下都是一道珠子箍。此均为参观所见并摄影。

〔2-9-1〕
明郝杰夫人吴氏容像局部
蔚县博物馆藏

〔2-9-2〕
《归氏四世像》中的郁孺人像局部
常熟市碑刻博物馆藏

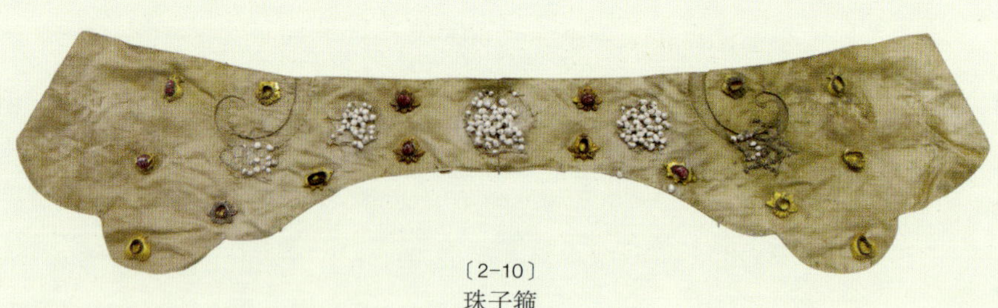

〔2-10〕
珠子箍
常州武进明王洛家族墓地一号墓出土
（王洛妻盛氏物）

五朵大花，珠花周围点缀金镶宝的牡丹、菊花、桃实、瓜果、叠胜，下缘也缀了一溜珠子，不过多已脱落[1]〔图2-10〕。总之，珠子箍的样式宽窄不拘，上面的装饰五色纷纭，并且它是当日女子的一种平常妆束，而不论仆从与命妇。材质的高下与装饰的繁简则视财力而定，不大有身分的区别。珠子箍可以是盛妆中的陪衬，《词话》第十五回曰李桂姐"家常挽着一窝丝杭州攒，金累丝钗，翠梅花钿儿，珠子箍儿"；而家常打扮中，它又成为醒目的妆点，第七十八回说"月娘从何千户家赴了席来家，已摘了首饰花翠，止戴着鬏髻，撇着六根金簪子，勒着珠子箍儿"，即此。因此珠子箍不仅在《词话》描画妇人妆扮的时候屡屡提到，且时或借了它设计关目。第七回，卖翠花儿的薛嫂儿为西门庆说亲，道孟玉楼"手里有一分好钱，南京拔步床也有两张，四季衣服，妆花袍儿，插不下手去，也有四五只箱子。珠子箍儿，胡珠环子，金宝石头面，金镯银钏不消说"。珠子箍儿在这里也是"一分好钱"中的一项。第十一回，"西门庆许了金莲，要往庙上替他买珠子，要穿箍儿戴"，"到日西时分，

[1] 前例今藏武进博物馆，后例今藏蕲春县博物馆，此为参观所见并摄影。

西门庆庙上来，袖着四两珠子”，“走到前边，窝盘住了金莲，袖中取出今日庙上买的四两珠子，递与他穿箍儿戴”。先说“许了金莲”，后道借此把妇人窝盘住了，可知金莲恃宠讨要，见出是她上心的物事，而此前这珠子箍她是没有的。又何止金莲呢，第二十三回，宋惠莲“昨日和西门庆勾搭上了，越发在人前花哨起来”，“头上治的珠子箍儿，金灯笼坠子黄烘烘的”。“治”，包括了买珠子和穿箍儿，箍儿上的珠花每常要见出各人的手艺。第二十七回，后边小玉来请玉楼，玉楼道：“大姐姐叫，有几朵珠花没穿了，我去罢，惹的他怪。”李瓶儿道：“咱两个一答儿里去，奴也要看姐姐穿珠花哩。”则穿珠花一事，自有文章可作。第八十三回，西门庆死后潘金莲与陈经济偷情，丫环秋菊告知月娘来金莲房里捉奸，金莲慌忙藏经济在床身子里，“教春梅放小桌儿在床上，拿过珠花来，且穿珠花。不一时，月娘到房中坐下，说：‘六姐，你这咱还不见出门，只道你做甚，原来在屋里穿珠花哩。’一面拿在手中观看，夸道：‘且是穿得好！正面芝麻花，两边槅子眼方胜儿，周围蜂赶菊。你看，着的珠子一个挨一个儿凑的同心结，且是好看。到明日你也替我穿恁条箍儿戴。’”张竹坡批评《金瓶梅》道“此回方是结果金莲之楔子”，而买珠子和穿箍儿，珠子箍一前一后的呼应恰好照映潘金莲在西门家的始入与将出。却又不仅如此，因月娘本是得了秋菊的情报走来见证虚实，一件珠子箍，在此在彼都是遮掩，但也要有双巧手穿得出如许花样来。这里借了月娘掩饰此来之真意而细审珠子箍的一双眼道出它“且是好看”，正是贴合金莲情性的以物见人之笔。《词话》第一回，潘金莲尚未出场，作者交代身世一节就说她“本性机变伶俐，不过十五，就会描鸾刺绣”。这两句却非闲话，以后《词话》中出现的各种时尚纹样，便多从金莲口中道出，并每每引出故事，——此且按下不表。今先看这珠子穿出的“两边橘子眼方胜儿，周围蜂赶菊”。穿缀珠子方胜的头箍，即如前面举出归氏四世像中的郁孺人。橘子眼方胜原是宋金以来广为流行的传统纹样，比如山西稷山马村金代砖雕墓中的仿木作槅扇门：槅心图案颠倒看来总是橘子，放远看，却是方胜里套着橘子，橘子里套着方胜。周围四角或是枝叶捧出的花朵，或是翻卷的草叶[1]〔图2-11-1〕。一枚玲珑卍字青玉牌亦即玉春胜则是明代实例，可见前后相承的轨迹，玉春胜周围

[1] 原址保存，此为实地考察所见并摄影。

〔2-11-1〕
山西平阳稷山马村
金墓砖雕

〔2-11-2〕
明玲珑卍字青玉牌
(玉春胜)

四个角填的是折枝牡丹[1]〔图2-11-2〕。“周围蜂赶菊”之“周围”，便是那四角。蜂赶菊却也是潘金莲喜欢的纹样，第十四回，李瓶儿来与金莲做生日，金莲打扮了，“从外摇摆将来”，“上穿了沉香色潞紬雁衔芦花样对衿袄儿，白绫竖领，妆花眉子，溜金蜂赶菊钮扣儿”。此溜金者，鎏金也，亦即镀金。蜂蝶赶菊或赶花也是传统纹样而特别流行于明代，前面举出的蝶赶花金梳背即是一例。用作钮扣，则必要两只蜜蜂或蝴蝶相对，中间抱个大花朵，如此成就钮扣的扣和襻，南京太平门外板仓徐俌夫妇墓出土的金蜂赶花钮扣、江西南城明益庄王夫妇墓出土镀金嵌宝蝶赶菊钮扣，是它的式样之大略[2]〔图2-12-1、2〕。至于方胜周围亦即四角的蜂赶菊，止取它钮襻的部分就好了。如此再来看江苏武进明王洛家族墓地二号墓出土王昶妻徐氏的一条珠子箍[3]〔图2-13〕，头箍中间一个珠子方胜，两边是金镶宝的花朵，花朵之间又有珠子穿的折枝花，大约也是芝麻花之类，只是珠子剥蚀太甚，不能认得真

[1] 中国文物信息咨询中心《中国古代玉器艺术》，图三〇〇，人民美术出版社二〇〇三年。

[2] 前例今藏南京市博物馆，后例今藏江西省博物馆，本篇用图为观展所摄。

[3] 今藏武进博物馆，本篇用图为参观所摄。

〔2-12-1〕

金蜂赶花钮扣

南京明徐俌夫妇墓出土

〔2-12-2〕

镀金嵌宝蝶赶菊钮扣

江西南城明益庄王夫妇墓出土

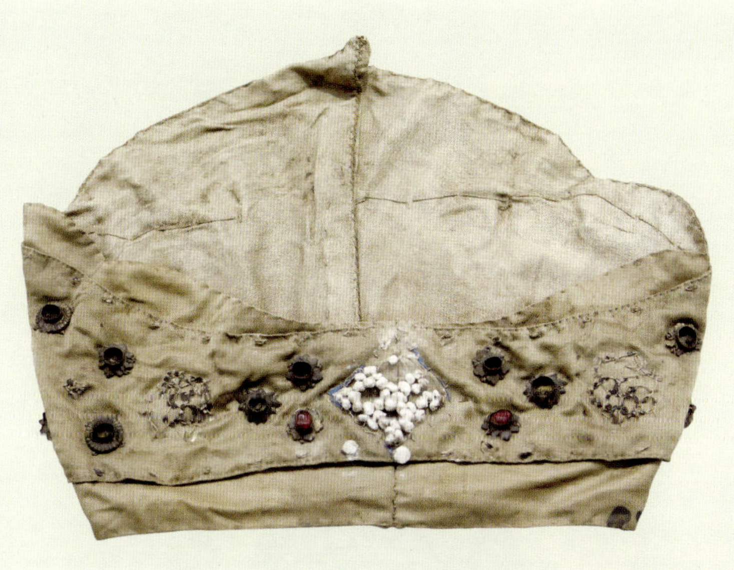

〔2-13〕
珠子箍
常州武进明王洛家族墓出土
（王昶妻徐氏物）

切。不过细审中间的珠子方胜，却是由四个菱形格子以借势的方法叠合而成，《词话》所云“槅子眼方胜儿”，当与它相去不远。

金丝䯼髻重九两

《金瓶梅词话》第二十回，紧接着上一回的“李瓶儿情感西门庆”，次日瓶儿的一番言语和行动，显见得成为西门庆第六房之后，为人行事在此生出一大转变。——洗脸梳妆之后，瓶儿开箱子打点细软首饰衣服与西门庆过目。先拿出一百颗西洋珠子，原是昔日梁中书家带来之物。“又拿出一件金厢鸦青帽顶子，说是过世老公公的，起下来上等子秤，四钱八分重，李瓶儿教西门庆拿与银匠替他做一对坠子”。“又拿出一顶金丝䯼髻，重九两，因问西门庆：‘上房他大娘众人，有这䯼髻没有？’西门庆道：‘他每银丝䯼髻倒有两三顶，只没编这䯼髻。’妇人道：‘我不好带出来的。你替我拿到银匠家毁了，打一件金九凤垫根儿，每个凤嘴衔一挂珠儿，剩下的再替我打一件，照依他大娘，正面戴金厢玉观音满池娇分心。’”

西门庆袖了鬏髻出来，不防角门首撞见潘金莲，被盘问个仔细，于是金莲道：“一件九凤甸儿，满破使了三两五六钱金子勾了。大姐姐那件分心，我秤只重一两六钱。把剩下的好歹你替我照依他，也打一件九凤甸儿。”西门庆道：“满池娇他要揭实枝梗的。”金莲道：“就是揭实枝梗，使了三两金子满篡，绑着鬼，还落他二三两金子，勾打个甸儿了。”西门庆笑骂道：“你这小淫妇儿，单管爱小便益儿，随处也掐个尖儿。”

两个波澜不惊的场景，几段白描出来的对话，却是墨分五色，线索设了不止一条：先借四钱八分重一件金厢鸦青顶子，道出瓶儿带来的资财和这一份好财的来历；顺着话题，又设下推进情节的关目，便是九两重的一顶金丝鬏髻；由鬏髻引出垫根儿，复引来金莲出场，道得九凤甸儿和金厢玉观音满池娇分心的制作和样式。以上诸般铺设，在以下的回目里皆一一回应。“物色”中的世味与人情，自不容轻轻放过。

比起孟玉楼的“手里有一分好钱”，李瓶儿要加一个更字。她先曾在蔡太师女婿梁中书家为妾，从梁家逃生出来“带了一百颗西洋大珠，二两重一对鸦青宝石”；嫁了花太监的侄子花子虚之后，先死了花太监，再死了花子虚，家财便尽归瓶儿，当然也就是尽归了西门大官人。瓶儿手里的细软多有宫中物，也正与她的这一番经历相吻合。即如拿给西门庆的一件金厢鸦青帽顶子亦即金镶宝帽顶，便不是寻常可得。周宪王朱有燉作于宣德六年的《新编天香圃牡丹品》杂剧，掌管园花教习乐艺的内臣自道，“也是俺一生近贵，见了些香烟常傍衮龙衣，俺穿一套飞仙海马，系一条正透山犀，悬一把镔铁打刀儿鸂鶒木，戴一个缕金厢帽顶鸦忽石，虽不曾入鹓班陪列在府僚中，我常是近龙床祗候向宫庭内，穿了些轻纱异锦，吃了些美酒堂食”[1]。朱有燉是朱元璋第五子周定王朱橚之长子，此剧的表现内容其实就是作者自己的王府生活，因能写出很标准的一身内臣之服，而特别提到缕金帽顶上镶嵌的是一颗鸦忽石。鸦忽，或作鸦鹘[2]、雅姑，都是阿拉伯语及波斯语 yakut 的对音，即宝石，主要产自东南亚和西亚。黄省曾《西洋朝贡典录》卷中《锡兰山国》举出中国以丝绢、青瓷等往彼贸易，换取的宝石有红雅姑、青雅姑、黄雅姑。青雅姑，指蓝宝，明宋诩《宋氏家规部》卷四作青雅琥，道是“如

[1] 《朱有燉集》，赵晓红整理，页 167，齐鲁书社二〇一四年。

[2] 甘肃张掖大佛寺出土一方明正统六年《重修万寿塔碑》，记述“塔基下原镇宝物”，中有“鸦鹘帽顶等物二件块”。

淡竹叶青色，亦有深青者”。镶宝的金银帽顶流行于元代，入明沿用不替，且在舆服制度中作出明确规定，见《明史》卷六十七《舆服三》。湖北钟祥明梁庄王墓随葬品中的金镶宝帽顶有三个是嵌了不同颜色的蓝宝石，几件帽顶造型和做工都很相近：金宝妆莲花为基座，每个花瓣各镶宝石，座顶一朵仰莲，花心为石碗，内嵌一大颗蓝宝[1]〔图3-1-1、2〕。而帽顶的贵要之处，即在顶端淡青如月下白的蓝宝，此中将近两百克拉的无色蓝宝更是贵重无比。梁庄王朱瞻垍是明仁宗第九子，永乐二十二年册封梁王，正统六年卒，生活的时代与郑和下西洋大略同时，随葬的一枚金锭铭曰“永樂十七年四月西洋等處買到八成色金壹錠伍拾兩重”，好似“立此存照”。瓶儿的鸦青宝石《词话》两番提及，这里四钱八分重的一颗得自过世的老公公，第十回“二两重一对鸦青宝石”却是从梁中书家带出来。以梁庄王墓出土两枚金锭铭文标示的伍拾两与实测重量的对比为据，得出平均值：这里的一两相当于38.11克，换算为克拉，是190.56克拉，可知与梁庄王墓出土最大的一颗相差不多，却还是一对，

---

[1] 湖北省文物考古研究所等《梁庄王墓》，页144～146，文物出版社二〇〇七年。按今藏湖北省博物馆，此为参观所摄。

〔3-1-1〕

金镶无色蓝宝帽顶

湖北钟祥明梁庄王墓出土

〔3-1-2〕

金镶蓝宝帽顶

湖北钟祥明梁庄王墓出土

只是成色如何作者不曾道得。若论它在当时的价值，这里用得着《型世言》里的一个故事，即第十二回《宝钗归仕女 奇药起忠臣》，故事说道：余姥姥引领着王指挥之妻去逛灯市，归来后发现头上不见了一只金钗。余姥姥道：“好歹拿几两银子，老媳妇替你打一只一样的罢。”王妻道：“打便打得来，好金子不过五七换罢，内中有一粒鸦青、一粒石榴子、一粒酒黄，四五颗都是夜间起光的好宝石，是他家祖传的，那里寻来？”后又由王指挥口中说道：“这钗是我家祖传下来的，上边宝石值得银数百。”蔡太师乃炙手可热的一代权臣，梁中书是其婿，不论在此作者是否暗示宝石出自宫廷赏赐，瓶儿两番适人所得资财的宫廷背景总是在叙事中不时涉及，比如第十三回和第十四回屡屡现身的宫样寿字簪儿，便隐隐逗其端绪。进一步引申，鸦青石头以及瓶儿之财还影着另一段明代史实。第十回道瓶儿嫁了花子虚，“太监在广南去，也带他到广南，住了半年有馀”。作者派给花太监的是广南镇守，镇守为明代官职，明有广南府，属云南布政司，治所即今云南广南县。然而花太监这个“广南镇守”却很可能是虚实相兼。《词话》原是借了北宋的背景讲明代故事，那么广南当是指北宋所置以广州为治所的广南路。第十六回《西门庆谋财娶妇 应伯爵庆喜追欢》，曰李瓶儿一心思嫁西门庆，要他家院里再盖房子容她过门后住，因道床后茶叶箱内，还藏着各样囤积的货物，“四十斤沉香，二百斤白蜡，两罐子水银，八十斤胡椒椒。你明日都搬出来，替我卖了银子，凑着你盖房子使”[1]。之后西门庆对月娘估价这些“香蜡细货”，道是“也直几百两银子”。胡椒八十斤，比起宸濠事败，籍没钱宁家产，中有“胡椒三千五百担”，实在是个小数，不过读一读田汝康《郑和海外航行与胡椒运销》，便可知这几件物事原非白说说。一方面，嘉靖之前市舶宦官的势力一度十分膨胀，若干市舶宦官竟升任本省镇守，成弘间权势最盛、为祸也烈的市舶太监韦眷，便是个显例。延至嘉靖九年以后，内臣之势方才稍杀。另一方面，胡椒由珍品逐渐变为常物的过程，直到万历年间才完成。但如果这里是代入本朝故事，则当与明代中后期宝石来

[1] 胡椒椒之椒，与胡通，此似衍一字。田汝康《郑和海外航行与胡椒运销》中说到，“在一五四六年前很长一个时期，官府所采取的折算办法是，百分之五十的苏木、百分之三十的乌木和百分之二十的胡椒搭配成一百斤作为一个单位，折合粮米二十一石，等于多少银两则按照椒木市场价格来厘定”（载氏著《中国帆船贸易与对外关系史论集》，页213，复旦大学出版社二〇一五年）。

源转向云南有关[1]。

鬏髻是女子戴在发髻上面的发罩，因又有“发鼓”之名，俗称也作“壳儿”，明佚名著《如梦录》“街市纪”一节列出的物事中有“壳儿”，其下自注云“即妇人所戴小髻，汴中语若‘苛’”。鬏髻顶上或编出若干道冠梁，便又称作“冠儿”，《词话》第九十一回孟玉楼改嫁李衙内，是日县中备办各式礼物，中有“一付金丝冠儿”，即是此物。金冠一顶是见出身分的，《词话》第九十五回玳安见过已是守备夫人的春梅，因回月娘说：“他住着五间正房，穿着锦裙绣袄，戴着金梁冠儿。”梁冠儿，即顶上起梁的鬏髻，以五梁为常见。杭州桃源岭出土一顶金五梁冠〔图3-2-1〕，长15、宽10.6、高11.5厘米，重236.5克，折合明代的计重，大约七两半多不到八两。五梁冠的

[1] 仇泰格《明代的宫廷与抹谷的宝石》一文中说到，“下西洋停止后，外国断断续续朝贡所能提供的宝石，似乎又不够用，到了明英宗时，司礼太监福安奏称：‘永乐宣德间屡下西洋收买黄金珍珠宝石诸物，今停止三十年，府藏虚竭。’就在这个时期，中国云南辖境一掸族土司地界内的一处当时叫作宝井，而今称为抹谷的地方所产的宝石进入了明代统治者的视野，朝廷开始在此收购宝石，作为下西洋购买宝石的替代手段”（载《金玉默守：湖北蕲春明荆藩王墓珍宝·专论》，页73，中国书店二〇一六年）。而明廷派往云南的镇守太监多有飞扬跋扈之辈，宝石自然更是搜刮的重点。

〔3-2-1〕
金五梁冠
杭州桃源岭出土

口沿和中腰分别留出几对孔眼，这也是䯼髻通常的做法，原是用作四向插戴各样簪子。出自浙江嘉兴王店李家坟明李湘夫妇墓的银丝䯼髻〔图3-2-2〕，上插着一弯金钿，一枝挑心，两边掩鬓一对，啄针、小插三两对，上方一枝顶簪，背面一枝满冠，装饰主题为四季花卉，是首饰一副插戴大致齐全的一个实例[1]。

金丝或银丝编就的䯼髻，里外又可以衬帛、覆纱，一面仍是装饰，一面用来适应不同场合的不同妆扮。《词话》第七十五回写吴月娘等人穿戴了出行，因尚在李瓶儿丧期，故“五个妇人会定了，都是白䯼髻，珠子箍儿，用翠蓝销金绫汗巾儿搭着，头上珠翠堆满”，“惟吴月娘戴着白绉纱金梁冠儿，海獭卧兔儿，珠子箍儿，胡珠环子”。作为孝服的白䯼髻，在明代图像中也可以见到[2]〔图3-3-1、2〕。沈璟《博笑记》中的“恶少年误鬻妻室”一事，便是借了戴白布䯼髻亦即孝䯼髻与黑䯼髻的分别而成“误”，——小叔叔原是心生歹意卖嫂嫂，却因嫂嫂同婶婶调换了䯼髻，而卖了自家媳妇。

---

[1] 前例今藏浙江省博物馆，后例今藏嘉兴博物馆，本篇用图为参观所摄。

[2] 例一采自《古本戏曲丛刊初集》，例二为实地考察所摄。

〔3-2-2〕
银丝䯼髻
浙江嘉兴明李湘夫妇墓出土

〔3-3-1〕
《商辂三元记》插图
明富春堂刊本

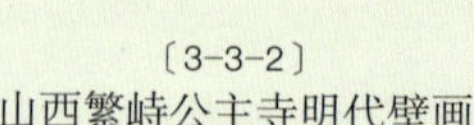
〔3-3-2〕
山西繁峙公主寺明代壁画

不论金丝银丝，䯼髻的制作都是一番花费，财力不敷，乃用头发。《词话》第二回中的潘金莲便是"头上戴着黑油油头发䯼髻，口面上缉着皮金"。而第十一回，金莲方由武大娘子变身为西门庆的第五房，随即换掉了头发壳子，同玉楼一般，"家常都带着银丝䯼髻，露着四鬓，耳边青宝石坠子"。第二十五回，宋惠莲方把西门庆哄转了，答应给来旺儿一千两银子往杭州做买卖去，便对着西门庆说道："你许我编䯼髻，怎的还不替我编，恁时候不戴，到几时戴，只教我成日戴这头发壳子儿。"西门庆道："不打紧，到明日将八两银子，往银匠家替你拔丝去。"西门庆又道："怕你大娘问，怎生回答？"老婆道："不打紧，我自有话打发他，只说问我姨娘家借来戴戴，怕怎的！"是蓬门小户通常止戴得一个"头发壳子"，一旦换作银丝䯼髻，必要找个借口遮掩，免得泄露了私情。

今天见到的明代实物，金制的䯼髻远比银制者为少，前举出自杭州桃源岭的金五梁冠是不多的实例，瓶儿的一顶金丝䯼髻重九两，却是比它还重了一两多。西门庆的几房妻妾从吴月娘算起也是"银丝䯼髻倒有两三顶，只没编这䯼髻"，瓶儿因道"我不好带出来的"。于是方有下面的一段话："你替我拿到银匠家毁了，打一件金九凤垫根儿，每个凤嘴衔一挂珠儿，剩下的再替我打一件，照依他大娘，正面戴金厢玉观音满池娇分心。”这里道是“金九凤垫根儿”，下文又称它“九凤甸儿”，便是戴在䯼髻口沿的半弯金钿或曰花钿。“甸”，当是“钿”的别写。明顾起元《客坐赘语》卷四《女饰》一节“花钿戴于发鼓之下”的花钿，前举嘉兴明李湘夫妇墓出土银丝䯼髻正面下方戴的半弯金镶宝缠枝牡丹花钿，都是此物。所谓“垫根儿”，也是“戴于发鼓之下”的意思。“戴于发鼓之下”的方式大致有两种，一是背后安置一柄簪脚，如江阴青阳明邹令人墓出土的一个金镶宝花钿〔图3-4-1〕，一是钿口两端穿丝绳，以用于系结插戴在䯼髻的簪子上。花钿通常用金银打制，装饰纹样多取花卉、云朵和仙人，式样却很是灵活。无锡明华复诚夫妇墓出土银鎏金翠云钿儿弯梁上丝绳系了一溜十一个云朵，云朵上铺翠，钿口两端穿着用于系结而编作数股的丝绳〔图3-4-2〕。而相同的题材，也可依了主顾的心思在工匠手下各竞新巧，比如同样是缠枝牡丹，湖北蕲春蕲州镇明永新王朱厚熿夫妇墓出土的金钿便活泼泼如新折下来的花枝子[1]〔图3-4-3〕。瓶儿要西门庆找银

[1] 例一江阴博物馆藏，例二无锡博物院藏，例三蕲春县博物馆藏；例一、例三为参观所摄，例二承无锡博物院惠允观摩实物并提供照片。

〔3-4-1〕
金镶宝花钿
江阴明邹令人墓出土

〔3-4-2〕
银镀金翠云钿儿
无锡明华复诚夫妇墓出土

〔3-4-3〕
金镶宝牡丹花钿
湖北蕲春明永新王朱厚熿夫妇墓出土

匠打的一件金九凤垫根儿，先就把式样交代明白。照依这一番形容，不难推知它的样式，便是提取点翠凤冠上的口圈，增减变化而制成，比照明代的凤冠，可以见得分明[1]〔图3-5〕。清代点翠钿子的钿口也还袭用了这样的做法。

打制九凤钿一事，要在更有遥相呼应的另一幅图景：《词话》第九十五回，月娘送哥哥到大门首，看见提着花箱儿的薛嫂儿，问起来，方知春梅当日被月娘十六两银子卖到周守备家为二房，很是得宠，正头娘子一死，随即扶正，此际已是守备夫人，薛嫂正待往守备府上送首饰：“问我要两副大翠重云子钿儿，又要一副九凤钿银根儿，一个凤口里衔一串珠儿，下边坠着青红宝石、金牌儿，先与了我五两银子。”月娘要瞧瞧是怎样的翠钿儿，及至花箱里取出来，“果然做的好样范，约四指宽，通掩过鬏髻来，金翠掩映，翡翠重叠，背面贴金，那九级钿，每个凤口内衔着一挂宝珠牌儿，十分奇巧”。当此之际，先前要打九凤钿的瓶儿和金莲都死了，月娘也成了寡妇，风流云散，门户萧条，偏又遭西门庆旧日伙计的

[1] 如明吴江周氏四代家堂像所绘（四代为周用、周式南、周辑符、周宗建），此为观展所见并摄影。

〔3-5〕
明吴江周氏四代家堂像局部
南京博物院藏

敲诈，正六神无主，筹措无方，如今要打九凤钿的主顾，却是昔日吴神仙看相，预言“必戴珠冠”而被月娘批作“就有珠冠，也轮不到他头上”的春梅。——“金”“瓶”“梅”三个女人的影子忽然都聚在这里闪了一闪，月娘看不见，然而作者是要教读者看见的。

金玲珑草虫儿头面

两件九凤钿之外，李瓶儿一个九两重的金丝䯼髻到银匠那里销镕了，还可以再打一件分心。分心也是明代簪钗中的大件，这里瓶儿特地言明要“正面戴金厢玉观音满池娇分心”，那么还应该有式样稍别的一种是戴在后面，因此《金瓶梅词话》第九十回列举来旺儿担子上的首饰，其中就有“前后分心，观音盘膝莲花座”。不过专用于戴在后面的分心，多以“满冠”为称，它也见于来旺儿的首饰匣儿，便是“满冠擎出广寒宫”。戴在面前的首饰有挑心和花钿，可容分心的位置已经不宽裕，因此分心的尺寸中心部位总要扁矮一点。与前分心相比，后分心亦即满冠的尺寸中间部分稍高，横向的弧面稍短。比较出自广州番禺茅山岗明墓的孔雀牡丹金分心和无锡明华复诚夫妇墓出土银镀金镶玉满冠，可见出高矮与弧面长短之别[1]〔图4-1、2〕，后一例为华妻曹氏物，出土时就戴在鬏髻后面。分心的名称出现于明，样式的出现却在明代之前，山西大同善化寺三圣殿里金代塑像中鬼子母戴在面前的饰品[2]〔图4-2〕，便可视作明代分心的前身。满池娇纹样也不是明人新创，它产生于宋，名称的流行不晚于南宋，或冠名于簪钗，或冠名于织绣，由宋而元而明，始终盛行不衰，当然造型和风格总会不断变化。四川平武明王玺家族墓地八号墓出土一件金满冠，以一弯雕栏分隔上下，上方是坐在狮子上的文殊菩萨，两边供养童子，雕栏里一池娇花，莲花、莲叶、慈姑叶偃仰欹侧，不见水痕，而有风动涟漪[3]〔图4-3〕。虽属镂空作，却是“揭实枝梗”打制成形。所谓“正面戴金厢玉观音满池娇分心”，由这一枝文殊满池娇金满冠不难想见纹样，“满池娇他要揭实枝梗的”，也正是如此这般。出自番禺明墓的金分心则昭

---

[1] 前例广州市博物馆藏，此系观展所见并摄影。后例今藏无锡博物院，承院方惠允，得以观摩实物并拍照。以下所举无锡博物院藏明墓出土簪钗，均同此。刻铭银簪照片承无锡博物院提供。

[2] 此为实地考察所摄。

[3] 今藏四川省文物考古研究院，承院方惠允得以亲验实物；本篇用图采自四川省文物考古研究院《天府皕宝图》，文物出版社二〇一三年。

〔4-1-1〕

孔雀牡丹金分心

广州番禺芳山岗二号墓出土

〔4-1-2〕

银镀金镶玉满冠

无锡明华复诚夫妇墓出土

〔4-2〕
山西大同善化寺
三圣殿里金代塑像
鬼子母

〔4-3〕
文殊满池娇金满冠
四川平武明王玺家族墓地八号墓出土

示它的造型，华复诚夫妇墓出土的银镀金满冠，便是镶玉的式样了。

系在金观音满池娇上面的故事，至此方展开情节之一，接着还有下文。潘金莲与西门庆一番计较之后，李瓶儿梳妆打扮，走来上房，与月娘众人递茶。行过礼，“金莲在旁拿把抿子与李瓶儿抿头，见他头上戴着一付金玲珑草虫儿头面，并金累丝松竹梅岁寒三友梳背儿，因说道：‘李大姐，你不该打这碎草虫头面，只是有些抓住了头发，不如大姐姐头上戴的这金观音满池娇，是揭实枝梗的好。’这李瓶儿老实，就说道：‘奴也照样儿要教银匠打恁一件哩。’”

草虫儿用作装饰纹样的簪子多数为小件，因此插戴的时候往往不止一对，这里道“一付”，便至少要两三对方可足成。《词话》第六十一回道“王六儿打扮出来，头上银丝鬏髻，翠蓝绉纱羊皮金滚边的箍儿，周围插碎金草虫啄针儿”。插碎，也是指插戴了好几对。呼作“啄针”的草虫簪子，当指簪首与簪脚垂直相接而簪脚尤其纤细者，簪脚则每每是银制。蜜蜂、蜻蜓、蜘蛛、蚂蚱、螳螂、蝉，或鱼，或虾，是草虫簪子最常取用的造型，题材大约多来自南宋院画小品。它的特色之一是分外轻盈，而别以肖形见出好来。《天水冰山录》载录的此类首饰有“金厢玉草虫首饰一副，计十一件”，“金厢玉草虫嵌宝首饰一副，计一十二件”，“金厢大珠宝草虫首饰一副，计一十件”。笼统以“草虫”概之，该是不同造型者合作十一二件的一副。与其他类别相比草虫算是小件，但镶玉、镶宝、镶大珠宝，仍见华贵，此却不是来旺儿挑担叫卖的“零碎草虫生活”，要须湖北蕲春横车镇周湾明墓出土金镶大珠宝螳螂捕蝉簪、常州丽华新村出土金镶宝螳螂菊花簪，方可与之对应[1]〔图4-4-1、2〕。不论瓶儿的妆匣里是否也有此类，这时候总归是不敢戴出来的，因此金莲看见的是一付金玲珑草虫儿头面。玲珑，在这里一面指镂空的样式，一面也道出它的细巧，却是因为肖形即所谓“象生”而如实做出长须腿足，不免“有些抓住了头发”，比如扬州市郊西湖蜀岗村吕庄明代火金墓出土的一枝〔图4-5-1〕。出自上海卢湾李惠利中学明墓的一对银镀金草虫啄针〔图4-5-2〕，出土的时候是插在银丝鬏髻上方，同时戴在上边的还有一对草虫啄针是象生蚂蚱[2]〔图4-5-3〕。容易抓头发，一点儿不假。金莲拿把抿子给瓶儿抿头，且亲亲热热说出一番话来，委实“好个人儿”（第十六回瓶儿赞金莲语）。殊不知真意却在借着草虫头面引出下面

---

[1] 前例蕲春县博物馆藏，后例常州博物馆藏，均参观所见并摄影。

[2] 例一扬州博物馆藏，后两例上海博物馆藏，本篇用图为参观所摄。

〔4-4-1〕

金镶大珠宝螳螂捕蝉簪

湖北蕲春横车镇周湾明墓出土

〔4-4-2〕

金镶宝螳螂菊花簪

常州丽华新村出土

〔4-5-1〕
银镀金草虫啄针
扬州明代火金墓出土

〔4-5-2〕
银镀金草虫啄针
上海卢湾李惠利中学明墓出土

〔4-5-3〕
草虫簪的插戴
上海卢湾李惠利中学明墓出土

关于金分心的一番细细形容，这原是瓶儿方才背地里和西门庆说的话，以此暗示对方一举手一投足容不得功夫即已尽在她的掌握。《词话》第二十三回“金莲窃听藏春坞”，第二十七回“李瓶儿私语翡翠轩”，金莲也都是如此行事，第二十三回金莲与宋惠莲的一番言语中还特别提到“你六娘当时和他一个鼻子眼儿里出气，甚么事儿来家不告诉我”。只是这时候的瓶儿还听不出金莲的弦外之音，倒是小玉、玉箫近前递茶接着戏她，说的都是夜间窃听来的情形，方“把个李瓶儿羞的脸上一块红一块白，站又站不得，坐又坐不住”。

草虫啄针是簪钗中的小件，啄针也称撇杖，《词话》第五十八回，郑爱月儿见了众人，潘金莲“又取下他头上金鱼撇杖儿来瞧”，因问：“你这样儿是那里打的？”无锡明黄钺家族墓黄抃妻范氏之物中有如此一对，细细的簪脚，簪首一尾游鱼，更以莲叶、浮萍、慈姑叶、香蒲棒和一朵嵌宝的莲花合作莲塘小景〔图4-5-4〕。《金井玉栏杆圈儿》里举出的金头莲瓣簪子也是式样简单的一类，《词话》第八回，潘金莲为西门庆做下上寿的物事，其中之一便是一根并头莲瓣簪儿，“簪儿上钑着五言四句诗一首云：‘奴有并头莲，赠与君关髻。凡事同头上，切勿轻相弃。’”还有更为简素的一种名作“一点油”。同在第八回，金

〔4-5-4〕

金鱼撇杖

无锡明黄钺家族墓二号墓出土

（黄抃妻范氏物）

莲嗔道西门庆久不露面，“一手向他头上把帽儿撮下来”，“一面向他头上拔下一根簪儿，拿在手里观看，却是一点油金簪儿，上面钑着两溜子字儿‘金勒马嘶芳草地，玉楼人醉杏花天’，却是孟玉楼带来的”。而孟玉楼同样錾了嵌名诗的簪子还有一枝是金头莲瓣簪，《词话》第八十二回，金莲到陈经济房中寻他，却是酒醉不醒，“妇人摸他袖子里，吊出一根金头莲瓣簪儿来，上面钑着两溜字儿‘金勒马嘶芳草地，玉楼人醉杏花天’，迎亮一看，就知是孟玉楼簪子”，因思：“怎生落在他袖中，想必他也和玉楼有些首尾，不然，他的簪子如何他袖着？”之后被金莲问着，经济赌神发咒，说是花园里拾的。这里埋下的伏笔回应在第九十二回，彼时玉楼已改嫁李衙内，经济算计好了上门讹诈，不料遭玉楼峻拒，“经济见他不就，一面拾起香茶来，发话道：‘我好意来看你，你倒变了卦儿。你敢说你嫁了通判儿子，好汉子，不采我了。你当初在西门庆家做第三个小老婆，没曾和我两个有首尾？’因向袖中取出旧时那根金头银簪子，拿在手内说：‘这个物是谁人的？你既不和我有奸，这根簪儿怎落在我手里？上面还刻着玉楼名字……’”“玉楼见他发话，拿的簪子委的他头上戴的金头莲瓣簪儿，‘昔日花园中不见，怎得落到这短命手里？’”

金头莲瓣簪子、一点油金簪儿，从名称便可会得它是簪首金、簪脚银，也可以用《词话》中的说法统称为“金裹头簪子”。毕竟簪脚是隐在发髻里，晃耀在外的只是簪首，因此通体金制如湖北蕲春明荆王府墓出土者〔见图1-7-2〕，是不多的，其实金裹头之金也常常是银镀金。出自无锡明华复诚夫妇墓的两对金头莲瓣簪子是华妻曹氏物，通长12.9厘米，六棱的银簪挺向下收分成锥脚，上方旋作细颈，然后顶出仰覆两重的金莲瓣〔图4-6-1〕。同出另一对镀金银簪通长8.2厘米，簪首顶出一个蘑菇头〔图4-6-2〕，正是那“一点油”。三对簪子原都插在曹氏的银丝鬏髻上，前节举出这一顶银丝鬏髻下方的银镀金翠云钿儿便是用两端的丝绳系在这一对一点油簪子上。诸如此类的金银短簪既可成对插戴，也不妨独秀一枝，挽发之外，又是几乎不可缺少的最为平常的装饰，而不论男女。它有着最简单最基本的用途因而使用最多，乃至轻易不会除下，便仿佛与使用者最为亲近，且因此好像另有特别的意义，于是又常用为男女寄情的信物。若为聘礼，则或刻铭见意。《石点头》卷十《王孺人离合团鱼梦》曰乔氏“头髻跌散，有一只金簪子掉将下来，乔氏急忙拾在手中。原来这只金簪是王从事初年行聘礼物，上有‘王乔百年’四字，乔氏所以极

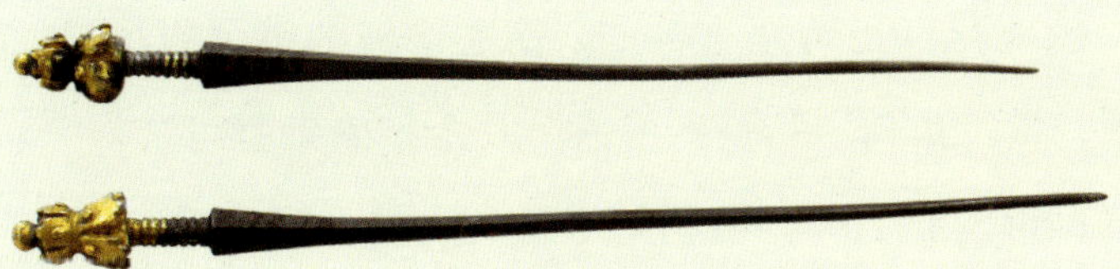

〔4-6-1〕
金头莲瓣簪子
无锡明华复诚夫妇墓出土

〔4-6-2〕
一点油镀金银簪
无锡明华复诚夫妇墓出土

其爱惜”[1]。无锡明黄钺夫妇墓出土小小一枝一点油金簪儿，为黄妻顾氏之物，通长 9.3 厘米，簪挺做成五棱，五棱中的一面錾一句“折梅逢驛使”，相对的一面錾着“寄与隴頭人”，“与”作简体字。另有一面更錾一枝梅花以足诗意〔图4-7〕。铭文字极细小，刻纹又浅，惟“折梅”“寄与”“人”几个字尚勉强可认。但这首诗太有名——南朝刘宋时人陆凯《赠范晔》：“折梅逢驿使，寄与陇头人。江南无所有，聊赠一枝春。”——见载于多种类书，如《岁华纪丽》《太平御览》《事类赋》《锦绣万花谷》等，于是认不真切的字也都可以省得其形。此诗本事见于《荆州记》，陆凯与范晔相善，自江南寄梅花一枝诣长安与晔，并赠诗云云，后人借它字面意表达思念而通用于男女。这一枝刻铭金簪珍重随葬，必因此物是主人生平所爱，只是究竟有何故事我们无从知晓，却可借此领会《词话》作者如何得以用了两枝刻铭金簪分别在故事中推波助澜。“金勒马嘶芳草地，玉楼人醉杏花天”，原是广为流传的一联。元石君宝《李亚仙花酒曲江池》杂剧第一折，郑元和见那曲江池上果然一番好景致，因道：“诗云：家家无火桃喷火，处处无烟柳吐烟。金

[1]《石点头》，天然痴叟撰，约成书于崇祯初年。

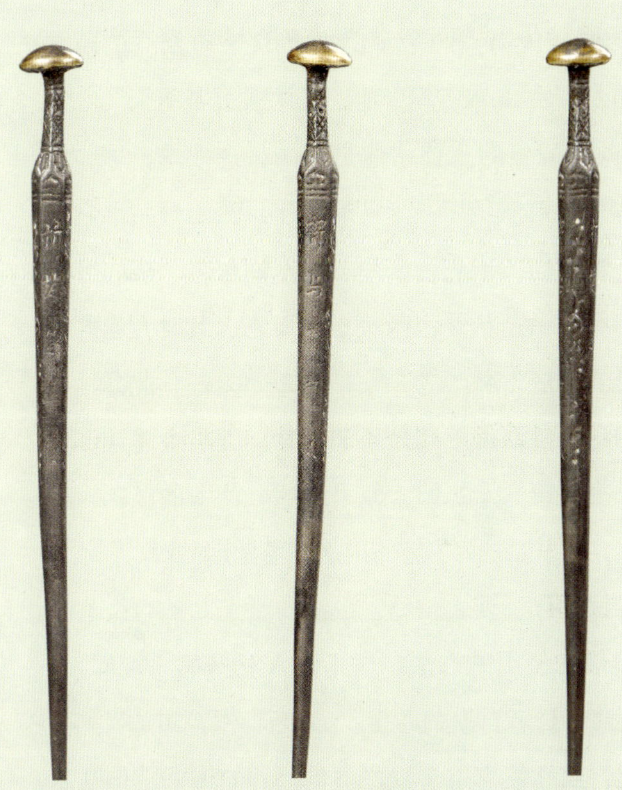

〔4-7〕

一点油诗铭簪

无锡明黄钺夫妇墓出土

（黄钺妻顾氏物）

勒马嘶芳草地，玉楼人醉杏花天。”大英博物馆藏一件磁州窑白地褐花扁壶，时代约当元末明初，扁壶的两面开光内分别装饰人物故事图，一面是相如题桥，一面是柳毅传书，两个窄侧面各有字句相同的两句诗，道是“金镫马踏芳草地，玉楼人醉杏花天”[1]〔图4-8〕。此式扁壶的主要用途是盛酒，选取这一联作为装饰纹样，自然是切一个“醉”字。孟玉楼拈取它来铭簪，却是作为嵌名诗来用。第八回里，玉楼的一点油嵌名簪被金莲从西门庆头上拔下来，其时方当西门庆“娶了玉楼在家，燕尔新婚，如胶似漆”，此际插在头上的这一枝自是玉楼赠予的信物，因被金莲认作变心的证据。第八十二回，似乎是这一情节的复制，其实不然，这里原是为了它的再次出场做足文章。

簪钗用作情爱之信物，敷演一番悲欢离合，是小说戏曲最常使用的方法，这是注入温情的一双眸子，时常还藏了作者自家的心事。《词话》作者却是另外一副笔墨，虽然惯喜用簪钗之类饰物构筑情节，但从不为之寄寓诗情画意，而总是直指人心或曰人欲。冷眼看世的峻利，也使得《词话》中的“物色”别呈色泽。

---

[1] 本篇用图采自霍吉淑《大英博物馆藏中国明代陶瓷》，故宫出版社二〇一四年。

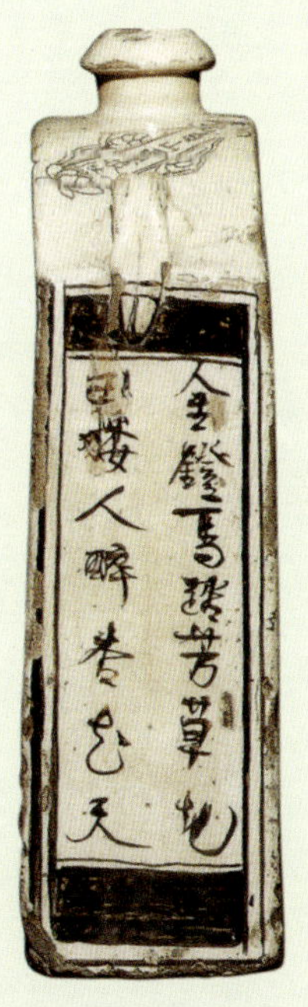

〔4-8〕
磁州窑白地褐花扁壶
大英博物馆藏

二珠环子和金灯笼坠子

无论金丝编、银丝编抑或头发编，罩在发髻上的一顶䯼髻总是明代已婚女子的体面打扮，即便寻常家居也轻易不除下。《金瓶梅词话》第十一回，金莲和玉楼在花园亭子里做针指，“二人家常都带着银丝䯼髻，露着四鬓，耳边青宝石坠子”。而第五十三回，月娘早上到了李瓶儿屋里，瓶儿为着官哥儿吃猫唬了，头也不得梳，“仓忙的扭一挽儿，胡乱磕上䯼髻”，方迎着月娘，“扑起的也似接了”。但若特意除下䯼髻别作妆束，却又另是一番风致。《词话》第二十七回描画夏日里潘金莲、李瓶儿的一身家常妆束，“都是白银条纱衫儿”，“惟金莲不戴冠儿，拖着一窝子杭州攒，翠云子网儿，露着四鬓，上粘着飞金，粉面额上贴着三个翠面花儿，越显出粉面油头，朱唇皓齿”。第十五回，西门庆一众嫖客进到丽春院，李桂姐打扮了出来，“家常挽着一窝丝杭州攒，金累丝钗，翠梅花钿儿，珠子箍儿，金笼坠子”，“打扮的粉妆玉琢”。虽曰“家常”，却实在是精意用心打扮出来，倒是比盛服更能映衬冶容，于是越见得“粉妆玉琢”，“越显出粉面油头，朱唇皓齿”。《西游记》里的观音菩萨竟也是如此：第四十九回描画清早未曾妆束即入竹林削篾编篮的观音菩萨，是“懒散怕梳妆，容颜多绰约，散挽一窝丝，未曾戴璎珞”，并且菩萨便是这等妆束走去收伏了下界作乱的金鱼。当日磕头礼拜的一庄老幼，“内中有善图画者，传下影神，这才是鱼篮观音现身”。这是世间相的菩萨故事，实与释典无关，所云“散挽一窝丝”，与《词话》中的“一窝子杭州攒”和“一窝丝杭州攒”，原当同一事。一窝丝的样式，有若明代流行的一种同名甜食，高濂《遵生八笺·饮馔服食笺下》列出“一窝丝方”，略云“糖卤下锅熬成老丝，倾在石板上”，“待冷将稠，用手揉拔扯长”，“拔至数十次，转成双圈”，二人对扯，“扯拔数十次，成细丝，却用刀切断分开，绾成小窝。其拔丝上案时，转折成圈”。高濂活跃于嘉靖万历时期，与《词话》时代约略相当。比照“一窝丝方”，可以推知发髻式样的要义在于转折成圈。如果援图为证，那么上海博物馆藏明吴伟《铁笛图》、辽宁省博物馆藏明佚名《宫装图》中女子的发式当是其概〔图5-1-1、2〕。而“鱼篮观音现身”，不仅有画像，还有依据画像制作的簪钗，那菩萨果然是头上不戴宝冠的“散挽一窝丝”[1]〔图5-1-3〕，也适可当得“容颜多绰约”的赞语。

金莲“一窝子杭州攒”的下边，又是一个“翠云子网儿”。此物虽不是盛妆所必需，却是加意妆扮的时候才用到，它也称云髻儿、围发云髻儿、云髻珠子缨络儿或珍珠络索。《词话》第四十二回，西门庆家宴客，春梅、玉箫、迎春、兰香，各房中的几个大丫鬟席上捧茶斟酒，“都是云髻珠子缨络儿、金灯笼坠、遍地锦比甲、大红段袍、翠蓝织金裙儿，——惟春梅宝石坠子、大红遍地锦比甲儿”。第七十八回，潘金莲的生日，春梅陪潘姥姥吃酒，“头上翠花云髻儿，羊皮金沿的珠子箍儿，蓝绫对衿袄儿，黄绵绸裙子，金灯笼坠子，貂鼠围脖儿”。第八十六回，春梅被卖到周守备家做小之日，薛嫂“把春梅收拾打扮，妆点起来，戴着围发云髻儿，满头珠翠”。仍以明代图像为证：唐寅《李端端图》〔图5-2-1〕、《吹箫仕女图》〔图

[1] 以上三例均为观展所摄（例三今藏湖北省博物馆）。

〔5-1-1〕
吴伟《铁笛图》局部
上海博物馆藏

〔5-1-2〕
明佚名《宫装图》局部
辽宁省博物馆藏

〔5-1-3〕
金镶宝鱼篮观音
湖北蕲春明都昌王朱载塎夫妇墓出土

5-2-2〕、《仿韩熙载夜宴图》[1]〔图5-2-3〕，画作里的女子发髻周环挂着珠子缨络，应该都是取自当代样式。明代遗存中的珠子缨络式样也同图画所绘一般。出自明益宣王夫妇墓的一件是孙妃之物：金板做成一道弯弧是珠缨的梁，梁上錾出七朵折枝牡丹，两端有用作穿系带子的孔，下缘垂着宝石缀脚的十五串珍珠[2]〔图5-3-1〕。北京定陵出土一件珠子缨络儿属孝端后，上方一溜大珠间珠花缘边，下面牵出珠网，底端十九个宝石坠脚，原是戴在外覆黑纱、棕丝编就的鬏髻下边[3]〔图5-3-2〕。

如此再来看第二十七回里的潘金莲，原是有意不戴冠儿，却是拖着一窝子杭州攒，而偏以一个翠云子网儿特特衬出丰艳。不必想象与夸张，止须妙用“物色”照实写去，人物性情也便随着服饰一起出来了。

---

[1] 以上三例均为观展所摄。

[2] 此物连珠宝共重66克，弧长16.3、宽1.4厘米，江西省博物馆等《江西明代藩王墓》，页141（名作“串珠金钿”），文物出版社二〇一〇年。按器物照片置于该书彩版一六：3，名作“金帽簷”，属之于宁康王女，似非。据江西省文物工作队《江西南城明益宣王朱翊钊夫妇合葬墓》，此件当为益宣王墓出土，为孙妃物，见《文物》一九八二年第八期，图版肆：5，图版说明作“金帽檐”。

[3] 本篇用图采自北京市昌平区十三陵特区办事处《定陵文物图典》，北京美术摄影出版社二〇〇六年。

〔5-2-1〕
唐寅《李端端图》局部
南京博物院藏

〔5-2-2〕
唐寅《吹箫仕女图》局部
南京博物院藏

〔5-2-3〕
唐寅《仿韩熙载夜宴图》局部
重庆市博物馆藏

〔5-3-1〕
金珠宝围髻
江西南城明益宣王夫妇墓出土

〔5-3-2〕
珠子缨络围髻
北京定陵出土

《词话》中女人的妆扮，每以金莲最见风流。第二十七回里是一番出色，遂引出“醉闹葡萄架”的一幕情色剧。第四十回“妆丫鬟金莲市爱”，也是立见成效。却说金莲晚夕走到镜台前，“把鬏髻摘了，打了个盘头揸髻，把脸搽的雪白，抹的嘴唇儿鲜红，戴着两个金灯笼坠子，贴着三个面花儿，带着紫绡金箍儿，寻了一套大红织金袄儿，下着翠蓝段子裙，要装丫头，哄月娘众人耍子”。紫绡金箍儿，前节《珠子箍儿》里已写到它。盘头揸髻，前引唐寅《李端端图》中女子的发式大抵似之。金灯笼坠子却是耳坠中制作细巧的一类，通常是镂空作，因也称作金玲珑坠子，——《词话》第七十三回，金莲问春梅耳朵上坠子怎的只带着一只，“这春梅摸了摸，果然只有一只金玲珑坠子”。

耳环和耳坠是明代耳饰的两大品类，使用上颇有些身分之别，《词话》作者写到这两类物事，因每见斟酌。第七回，西门庆到杨家相亲，这时候的孟玉楼虽已丧夫，却还是杨家的正头娘子，西门庆看到的孟玉楼便是“头上珠翠堆盈，凤钗半卸”，“二珠金环，耳边低挂”。第九十六回“春梅游玩旧家池馆”一节，道吴月娘折简邀春梅赴席，“春梅看了，到日中才来。戴着满头珠翠，金凤头面钗梳，胡珠环子，身穿大红通袖四兽朝麒麟袍儿，翠蓝十样锦百花裙，玉玎珰禁步，束着金带，脚下大红绣花白绫高底鞋儿。”“听见春梅来到，月娘亦盛妆缟素打扮，头上五梁冠儿，戴着稀稀几件金翠首饰，耳边二珠环子，金摖领儿，上穿白绫袄，下边翠蓝段子织金拖泥裙，脚下穿玉色段高底鞋儿。”春梅在西门家一向戴的都是坠子，如今做了夫人，盛妆之际戴了环子，可与月娘分庭抗礼。而月娘虽是“缟素”，但“盛妆”必有的元素却是一样不少。这里宾主两方的一番妆束，实在无一分闲笔。然而绣像本《金瓶梅》这一节文字中，于春梅，删去了“脚下大红绣花白绫高底鞋儿”；于月娘，更删去“耳边二珠环子，金摖领儿”及“下边翠蓝段子织金拖泥裙”中的“织金拖泥”和“脚下穿玉色段高底鞋儿”。不说裙子与高底鞋儿、玉玎珰禁步与金摖领儿两相失了照应，春梅的胡珠环子若无月娘的二珠环子相映照，也未免减损“物色”，更是放过了作者以穿戴变化写人物命运起落的一番深心。

所谓“二珠金环”“二珠环子”，便是一大一小两个圆珠叠穿起来状若葫芦的耳环，明《礼部志稿》卷二十“皇帝纳后仪”纳吉纳征告期礼物中列出“四珠葫芦环一双”，北京市文物局图书资料中心藏稿本《明宫冠服仪仗图》中，有对应于“四珠环”的一对葫芦式珠环[1]〔图5-4-1〕，可知“四珠”是以一对计，正如八珠环子是四珠连缀为一只，一对合为八珠之数。明《礼部志稿》卷二十“皇太子纳妃仪”之纳征礼物中的“金脚四珠环一双”，也当是这般计数。湖北钟祥明郢靖王夫妇墓出土王妃的一对金脚四珠环，正是此物[2]〔图5-4-2〕。出自四川平武荀家坪明土司墓的一对，式样大抵相同[3]〔图5-4-3〕，只是前者二珠之端覆了一个绿松石的小荷叶，后者的叶片是金制。那么《词话》所云“二珠环子”，便是一只的称谓。常熟市碑刻博物馆藏明隆庆二年刻石《归氏四世像》中的孟孺人，耳边一对，就是它了[4]〔图5-4-4〕。此外一种贴着耳垂戴的小型耳环名作金丁香，它的广泛流行，大致在与《词话》相当的明代中晚期，而延续至清。李渔《闲情偶寄》卷三《声容部》“首饰”条说道“饰耳之环，愈小愈佳，或珠一粒，或金银一点，此家常佩戴之物，俗名丁香，肖其形也”，即是此物。南京中华门外邓府山明王克英妻杨氏墓出土的一对，

[1]《明宫冠服仪仗图》编辑委员会《明宫冠服仪仗图》（北京市文物局图书资料中心藏稿本），北京燕山出版社二〇一五年。

[2] 今藏钟祥市博物馆，本篇用图为参观所摄。

[3] 今藏四川省博物院，此承院方惠允观摩并拍照。

[4] 此为博物馆参观所摄。

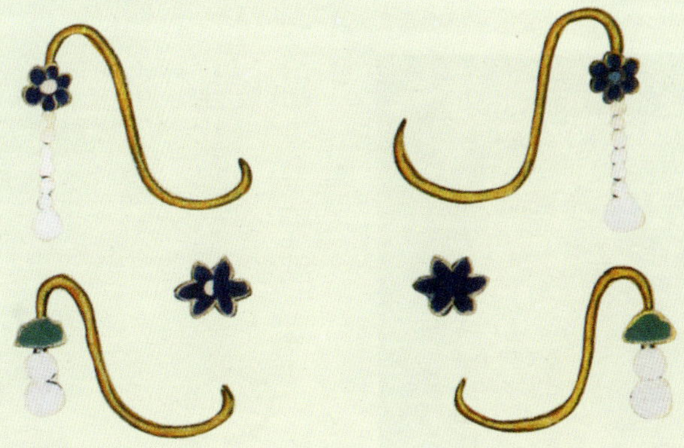

〔5-4-1〕
《明宫冠服仪仗图》中的
梅花环（上）与四珠环（下）

〔5-4-2〕
金脚四珠环
湖北钟祥明郢靖王夫妇墓出土

〔5-4-3〕
金脚四珠环
四川平武苟家坪明土司墓出土

〔5-4-4〕
《归氏四世像》中的孟孺人像局部
常熟市碑刻博物馆藏

〔5-5〕
金丁香
南京明王克英妻杨氏墓出土

连脚通长 1.5 厘米[1]〔图5-5〕，戴起来，正是“金银一点”。金丁香一般也不是丫鬟所用。《词话》第七十五回道仁医官来诊脉，“月娘方动身梳头儿，戴上冠儿”，“头上止摆着六根金头簪儿，戴上卧兔儿，也不搽脸，薄施胭粉，淡扫蛾眉，耳边带着两个金丁香儿”。第四十二回，西门庆伙计韩道国的老婆王六儿打扮了到狮子街房里，“头上戴着时样扭心鬏髻，羊皮金箍儿”，“耳边带着丁香儿”。

春梅在西门家一向戴的都是坠子。前边说到第四

[1] 南京市博物馆藏，本篇用图为参观所摄。

十二回西门大官人家摆席的时候，他人都是金灯笼坠，春梅独独一对宝石坠子。它与玉箫的“一双金镶假青石头坠子”，自是物色不同。《词话》中最见贵重的宝石坠子见于第二十回，——瓶儿“拿出一件金厢鸦青帽顶子，说是过世老公公的，起下来上等子秤，四钱八分重，李瓶儿教西门庆拿与银匠替他做一对坠子”。只是此后这一对鸦青宝石的坠子并未戴出来，瓶儿常戴的不过是紫瑛石坠子。而春梅，坠子式样多半还是金灯笼。第四十二回里特别戴出坠子，原是为着映衬与众不同的“大红遍地锦比甲儿”，这是第四十一回中春梅不卑不亢从西门庆那里争取来的。这也是作者以物见人的笔法，春梅日后的命运转折，一点儿没少此类细节的铺垫，张竹坡所谓“于同作丫鬟时，必用几遍笔墨描写春梅心高志大，气象不同”，是也，却要读者须同作者一般也有以物见人的心思方好。

金灯笼坠子原本也是明以至于清代都十分流行的一类。《天水冰山录》中的耳坠一项，有“金累丝灯笼耳坠”“金宝灯笼耳坠”“金厢珠累丝灯笼耳坠”。按照李渔首饰以精雅为要的标准，此却属于俗式，所谓“时非元夕，何须耳上悬灯，若再饰以珠翠，则为福建之珠灯、丹阳之料丝灯矣。其为灯也犹可厌，况为耳上之环乎”（《闲情偶寄》卷三《声容部》“首饰”条）。当然这是文人眼中的雅，却不是女人的想法。如前面所举，《词话》里戴金灯笼坠子的有各房大丫鬟玉箫、迎春、兰香，丽春院的李桂姐，还有宋惠莲，——第二十三回，宋惠莲“昨日和西门庆勾搭上了，越发在人前花哨起来”，“头上治的珠子箍儿，金灯笼坠子黄烘烘的”。

这黄烘烘的金灯笼坠子，毕竟式样如何？南京鼓楼区出土的一对明代耳坠可以为例：半环式的耳坠脚挑一顶金累丝花叶盖，盖缘系着三挂铃铎，累丝作的象生小灯笼垂在中央，灯笼孔上原本嵌了宝石，不过已大部脱落[1]〔图5-6〕。依仿《天水冰山录》中的名称，它该叫作金厢宝累丝灯笼耳坠。第四十回，金莲妆丫鬟市爱，先就把䯼髻摘了，打了个盘头揸髻，戴出鬓边跳荡的一对金灯笼坠子。紫绡金箍儿，大红袄，翠蓝裙，脸搽的雪白，嘴抹的鲜红，一反平日头罩䯼髻的妇人妆而成一副浓艳娇憨女儿态。反差，自然大有新鲜感，一个“装”字又带出多少他人所不及的伶俐妖乔，果然把西门庆“笑的眼没缝儿”，“不住把眼色递与他”。

[1] 南京市博物馆藏，本篇用图为参观所摄。

〔5-6〕
金灯笼坠子
南京鼓楼区出土

耳环和耳坠同为明代女子不可或缺的饰物，然而插戴却有身分与场合的分别，直到明代晚期才渐趋随意，而惟有《金瓶梅词话》的作者有本领借了这点不同，冉冉悠悠，随分点染物色，冷眼绘出世味人情。

胸前摇响玉玲珑

明人的衣裳没有口袋，若干物件可以挂在腰间，如香囊、香袋、荷包、钥匙，妇人多半用了这样的方式。《金瓶梅词话》第二回，"香袋儿身边低挂"，此潘金莲也。第十二回，金莲与小厮琴童偷欢，"背地把金裹头簪子两三根带在头上，又把裙边带的金香囊股子葫芦儿也与了他，系在身底下"。第七十八回道正月节里月娘"打扮的鲜鲜儿的"，更是叮当一身："头戴翡白绉纱金梁冠儿，海獭卧兔，白绫对衿袄儿，沉香色遍地金比甲，玉色绫宽襕裙，耳边二珠环子，金凤钗梳，胸前带着金三事儿搽领儿，裙边紫遍地金八条穗子的荷包，五色钥匙线带儿，紫遍地金扣花白绫高底鞋儿。"月娘胸前一副金三事儿，暂且放过一边，潘金莲的"香袋儿身边低挂"，在山西右玉宝宁寺明代水陆画中先可觑得大概[1]〔图6-1〕。顺便还可以看到，《词话》紧接着的一句“抹胸儿重重纽扣”，水陆画中的妇人也是如此这般。

男人却多是把各样物事纳入袖中。第二十回，李瓶儿九两重的一个鬏髻交给西门庆到银匠那里另外打首饰，于是“西门庆袖了鬏髻出来”。第三十八回，韩道国的兄弟韩二捣鬼“走来哥家，问王六儿讨酒吃，袖子里掏出一条小肠儿来”。第四十六回，应伯爵与谢希大在西门庆家整吃了一日，“顶颡吃不下去，见西门庆在椅子上打盹，赶眼错，把果碟儿带减碟倒在袖子里”。可见连吃食也是可以笼在里边的。

至于随身携带的汗巾，则不论男女通常都是把它揣在袖子里。汗巾多用绫，虽然有短有长，但一律精细、轻薄。江阴南门磨盘墩明承天秀墓出土一方瓔珞纹绫汗巾，长84.3、宽60.3厘米，却是“薄如蝉翼，轻若鸿毛”[2]，揣在袖子里，自然也是妥帖的。汗巾两端每每妆点各式边栏[3]〔图6-2-1、2〕，《词话》因称

[1] 山西省博物馆《宝宁寺明代水陆画》，文物出版社一九八八年。

[2] 江阴博物馆《江阴文物精华》，页206，文物出版社二〇〇九年。

[3] 山东邹城明鲁荒王墓出土汗巾两条，其一，“福寿”字如意边栏万字白绫汗巾，半米宽，长逾一米；其一，如意边栏“龟龄鹤算”缠枝花黄绫汗巾，半米宽，长逾两米五，今藏山东博物馆，本篇用图为博物馆参观所摄。

〔6-1〕
宝宁寺明代水陆画·堕胎产亡局部

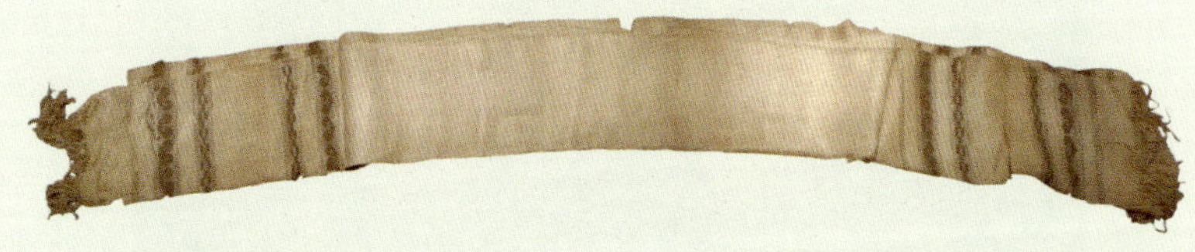

〔6-2-1〕

“福寿”字如意边栏万字白绫汗巾

山东邹城明鲁荒王墓出土

〔6-2-2〕

如意边栏“龟龄鹤算”缠枝花黄绫汗巾

山东邹城明鲁荒王墓出土

它“双栏子汗巾儿”。第五十一回，李瓶儿和陈经济说，“我还要一方银红绫销江牙海水嵌八宝汗巾儿”，“江牙海水嵌八宝”，便是边栏的装饰。潘金莲却是一口气说出汗巾花样一大串，偏显出口角伶俐：“我要娇滴滴紫葡萄颜色四川绫汗巾儿。上销金，间点翠，十样锦，同心结，方胜地儿，一个方胜儿里面一对儿喜相逢，两边栏子儿都是缨络出珠碎八宝儿。”“江牙海水嵌八宝”与“缨络出珠碎八宝儿”，都是明代流行纹样，不仅汗巾用它作“两边栏子儿”，衫裙也常以此沿边为裙拖，如嘉兴王店李家坟明墓出土的织金绸裙，近一尺宽的裙拖便是缨络出珠碎八宝儿〔图6-3-1〕。“方胜地儿”则即最常见的菱格纹，“喜相逢”可以是蝴蝶，也可以是鸾凤。嘉兴王店李家坟明墓出土一件绸衫，万字回纹边框的方胜，一个方胜里搁一个螭虎[1]〔图6-3-2〕。汗巾两头又都有细撮的线穗，或叫作须子，雅称便是流苏，随身带着的小用具也便拴在汗巾角上，《词话》第五十九回，“西门庆向袖中取出白绫双栏子汗巾儿，上一头拴着三事挑牙儿，一头束着金穿心盒儿”，即是此等情形。第五十七回，“且说西门庆听罢了薛姑子的话头，不觉心上打动了一片

[1] 两例均藏嘉兴博物馆，此为参观所见并摄影。

〔6-3-1〕
织金绸裙局部
嘉兴王店李家坟明墓出土

〔6-3-2〕
绸衫局部
嘉兴王店李家坟明墓出土

善念，就叫玳安取出拜匣，把汗巾上的小钥匙儿开了，取出一封银子”。所谓“汗巾上的”，则即须子上头拴的，《西游记》第七十三回称黄花观的道士“于袖中拿出一方鹅黄绫汗巾来，汗巾须上系着一把小钥匙，开了锁，取出一包儿药来”。《续金瓶梅》第十二回“刘学官雪中还债”，道刘学官娘子同月娘说了几句话，“就取过那匣子来，袖子里拿出个汗巾，一把小钥匙开了，取出五封银子”。这倒不是续书刻意效法前书，却是因为如此做法是一直延续下来的。

西门庆汗巾上一头拴着“三事挑牙儿”中的挑牙儿，原是三事里的一事，此外的两事为耳挖和镊子，而每常以挑牙为领军唤作“三事挑牙儿”，前面或加个“一副”。《词话》第五十九回，郑爱月儿又向西门庆袖中“掏出个紫绉纱汗巾儿，上拴着一副拣金挑牙儿”。第八十三回，春梅为金莲递柬与陈经济，经济“一面开橱门，取出一方白绫汗巾、一副银三事挑牙儿答赠”，春梅归来告诉金莲说：“他看了你那柬帖儿，好不喜欢，与我深深作揖，与了我一方汗巾、一副银挑牙儿相谢”。“拣金挑牙儿”，是银挑牙儿上复以金丝嵌出纹样，纹样自然精细非常，因为一副三事挑牙儿原本就是小小的。相比之下，陈经济酬谢春梅的一副银挑牙儿就式样寻常了。

“三事”也可以用作佩饰，而“三事”之“三”又是一种泛指，不足三事与多于三事，都不妨以“三事”概称，常见的组合是挑牙儿和耳挖。每事都有一根系链，总束事件儿的花题造型通常取用如意云朵，云朵内再铺排纹样。苏州博物馆藏一副明代金镶玉三事，云朵式的花题内是个镂金的无肠公子，花题金框下缘的三个小环里系了三挂金链，当心一挂底端是金挑牙儿和金耳挖，中腰拴着一个玉马，两边系链各缀一个上覆金叶的水晶紫茄[1]〔图6-4〕。四川平武荀家坪明土司墓出土一副金事件儿，花题已失，所存七事为金錾四季花卉荷叶盖罐一、金錾四季花卉玉壶春瓶一、金剪刀一、金錾花粉盒一、金錾凤穿花荷包一、金錾摩竭柄解锥一对。解锥残了一柄。錾花粉盒上下两面纹样不同，一面是莲塘鹭鸶，一面是山石孔雀。除了粉盒和解锥，诸事都只是象生亦即仿真的“百物形”[2]〔图6-5〕。月娘胸前带着的金三事儿搽领儿，便是这一类。

“胸前摇响玉玲珑”，却是佩饰中的别一种。《词话》第七回，西门庆看到的孟玉楼是“上穿翠蓝麒麟

[1] 此为参观所见并摄影。

[2] 今藏四川博物院，承院方惠允观摩并拍照。

〔6-4〕
金镶玉三事
苏州博物馆藏

〔6-5-1〕
金事件儿 · 荷叶盖罐
四川平武苟家坪
明土司墓出土

〔6-5-2〕
金事件儿 · 玉壶春瓶

〔6-5-3〕
金事件儿 · 剪刀

〔6-5-4〕
金事件儿·粉盒

〔6-5-5〕
金事件儿·荷包

〔6-5-6〕
金事件儿·解锥（局部）

补子妆花纱衫，大红妆花宽栏，头上珠翠堆盈，凤钗半卸”，“二珠金环，耳边低挂”，“但行动，胸前摇响玉玲珑”。第五十九回，那“郑爱月儿出来，不戴䯼髻，头上挽着一窝丝杭州攒，梳的黑鬖鬖光油油的乌云，露着四鬓，云鬓堆纵，犹若轻烟密雾，都用飞金巧贴，带着翠梅花钿儿，周围金累丝簪儿齐插，后鬓凤钗半卸，耳边带着紫瑛石坠子，上着白藕丝对衿仙裳，下穿紫绡翠纹裙，脚下露一双红鸳凤嘴，胸前摇琱珰宝玉玲珑，正面贴三颗翠面花儿，越显那芙蓉粉面”。“胸前摇响玉玲珑”“胸前摇琱珰宝玉玲珑”，便是明顾起元《客座赘语》中说到的“以金、珠、玉杂治为百物形，上有山云题若花题，下长索贯诸器物，系而垂之，或在胸曰坠领，或系于裾之要曰七事”。因它“但行动”，便“摇响”，故又名作“玎珰”或“玎珰七事”。此“七事”也与“三事”一样，是一个概称，即一挂中的事件儿未必拘限于“七”。湖北蕲春刘娘井明荆端王次妃刘氏墓出土金镶宝玎珰一副，长及尺馀，顶端为下覆的一个荷叶花题，其下垂系三挂金链，中间一挂缀着金嵌宝花朵、金叠胜、衔花结的双鱼，两边对称系着象生葫芦、石榴、柿子、带叶的鲜桃和荔枝〔图6-6-1〕。出自蕲春明荆恭王朱翊钜夫妇墓的一副，顶端花题和中间的金镶玉圆板分别做成四幅小品画，金累丝的装饰框里两面各成画幅。花题一面是金掐丝镶珠嵌玉折枝茶花，一面是金掐丝镶玉石榴黄鸟，每个石榴嘴边都点了金粟粒做成的几颗石榴籽。金链拴着的一对金玉折枝石榴分置于金镶玉圆板上下。圆板一面嵌着玲珑玉，——草坡山石间一只口衔瑞草的凤凰，玉凤回首处是枝头的一只小鸟，下方一大朵玉牡丹。另一面的金累丝画框里是一幅人物小品：牡丹、松枝、竹林山石布景，松间竹畔的玉人头戴小冠支颐倚坐在山石边，浓荫里小鸟栖枝探身下望。底端三事是一对玉花高耸的金累丝花盆分缀两边，满插着金玉花枝的一个累丝花瓶垂系在中间。打造、编结、掐丝、累丝、镶嵌、攒簇，正是众工会聚，而“以金、珠、玉杂治为百物形”[1]〔图6-6-2〕。出自王室，自然材质华贵，做工讲究，但也不是民间不可及，因它不在礼制规范之内，计较的不过是财力。《词话》笔下之物，它可以作为参照。而行院中人的打扮实与富室娘子一般不差，此所以作者又借了“蛮小厮”春鸿之口道出郑爱香和爱月儿的容仪，说是跟着西门庆到了一座大门楼，里面见了两位娘娘，遂被

[1] 前例今藏湖北省博物馆，后例今藏湖北藩王墓博物馆，承馆方惠允，得以亲验实物。本篇用图为观展所摄。

〔6-6-1〕

金镶宝玎珰

湖北蕲春明荆端王次妃刘氏墓出土

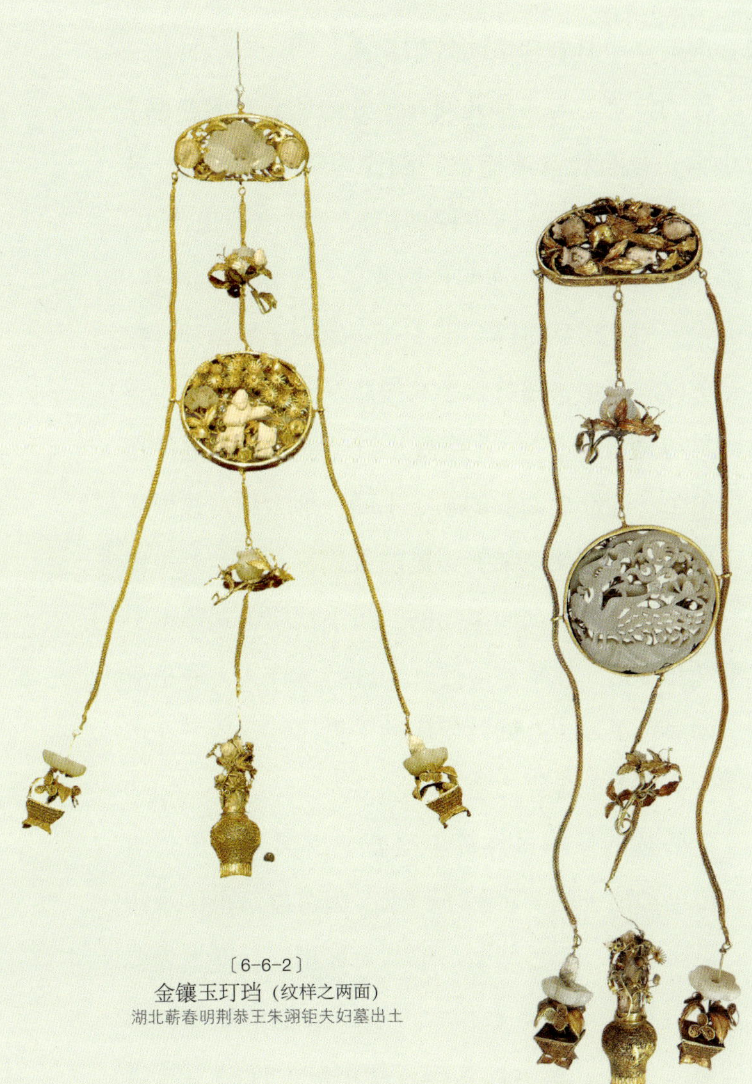

〔6-6-2〕

金镶玉玎珰（纹样之两面）

湖北蕲春明荆恭王朱翊钜夫妇墓出土

潘金莲笑作“赶着粉头叫娘娘起来”[1]。

作为佩饰，与三事儿同在一处的还会有盛着香茶的小盒，也有粉盒或脂盒，制作秀巧差不多是一致的。《词话》第十一回中说西门庆“袖中取出汗巾，连挑牙与香茶盒儿，递与桂姐收了”。《醒世姻缘传》第七十五回，道狄希陈“把手往寄姐袖子里一伸，掏出一个桃红汗巾，吊着一个乌银脂盒，一个鸳鸯小合包，里边盛着香茶”。香茶盒儿与乌银脂盒都是拴在汗巾角上，即汗巾两头的须子上面，那么小盒该做成什么样式才会方便系结？习见的方式，是小盒外缘做出一个圆环，即如前面举出的四川平武明土司墓出土金事件儿中的一枚粉盒。此外一种特殊样式，便是前引《词话》第五十九回西门庆袖子里白绫双栏子汗巾儿上一头束着的金穿心盒。

穿心盒的使用虽然算不得普遍，但从唐代到明清，传世和出土的实物并不鲜见，因可显示出传承线索。虽质地不一，但造型与形制大抵相同，即多为扁圆；子母口，是为着它扣合得紧；大小不盈寸，自有袖藏之便。日本奈良大和文华馆藏一件约当晚唐

[1] 清顾张思《土风录》卷十七“娘娘”条：“娘娘，奴婢称主母曰娘娘。”

的金花银鸿雁纹圆环式小盒，高2.1厘米，直径4.2厘米[1]〔图6-7-1〕。内蒙古巴林左旗白音敖包乡出土一枚辽代骨质粉盒，尺寸与形制都与它相近[2]〔图6-7-2〕。黑龙江阿城金齐国王墓男性墓主人怀中有一方素绢汗巾，巾角用绿丝绦穿了一个菱角形的白玉坠，玉坠下边系一个穿心盒[3]。南京市西天寺宋墓出土一枚，系以可方便揭下来的金箔分别包在盒盖与盒底，上下扣合之后，露出一围灿灿金边[4]〔图6-7-3〕。明代穿心盒的质地多为金银，扬州市郊西湖蜀岗村吕庄明代火金墓出土银錾牡丹双凤穿心盒[5]〔图6-7-4〕；出自湖北蕲春明荆恭王朱翊钜夫妇墓的一枚金盒上下分别錾刻腾挪在祥云间的二龙戏珠〔图6-7-5〕；蕲春大径桥明永新王朱厚熿夫妇墓出土金盒造型如球，不过中心有孔可以穿系却是一样的[6]〔图6-7-6〕。穿心盒里或盛脂粉或盛香茶，脂粉便于补妆，香茶方便清洁口腔。男人随身

---

[1] 此承馆方惠允观摩实物并拍照。

[2] 今藏巴林左旗博物馆，此为参观所见并摄影。

[3] 赵评春等《金代丝织艺术——古代金锦与丝织专题考释》，图九九（图版说明称“佩巾”“香粉盒”），科学出版社二〇〇一年。

[4] 今藏南京市博物馆，承馆方惠允观摩实物并拍照。

[5] 扬州博物馆藏，此为参观所摄。

[6] 前例湖北藩王墓博物馆藏，承馆方惠允观摩实物并拍照；后例蕲春县博物馆藏，本篇用图为参观所摄。

〔6-7-1〕
鸿雁纹银穿心盒
日本奈良大和文华馆藏

〔6-7-2〕
穿心盒
内蒙古巴林左旗白音敖包乡出土

〔6-7-3〕
穿心盒
南京西天寺宋墓出土

〔6-7-4〕
银錾牡丹双凤穿心盒
扬州明代火金墓出土

〔6-7-5〕
金穿心盒
湖北蕲春明荆恭王朱翊钜夫妇墓出土

〔6-7-6〕
金穿心盒
湖北蕲春明永新王朱厚熿夫妇墓出土

带着的便多是香茶，前引《词话》第十一回，西门庆“袖中取出汗巾，连挑牙与香茶盒儿，递与桂姐收了”，即是如此。也因此第五十九回西门庆和爱月儿饮够多时，遂从袖里取出金穿心盒来，“郑爱月儿只道是香茶，便要打开”，西门庆却道：“不是香茶，是我逐日吃的补药。”所谓“补药”，原是得自胡僧的春药。

穿心盒里置放此类物事，似也不是蹈空之笔，且不论作者是否有所凭借，看官总会想到唐人蒋防《霍小玉传》里的一节：小玉为李生所负，饮恨而亡，此后李生的日子便不得安宁，娶妻纳妾而每每生出些白日作怪的故事。一日李生自外归，妻子卢氏方鼓琴于床，“忽见自门抛一斑犀钿花合子，方圆一寸馀，中有轻绢，作同心结，坠于卢氏怀中”。合子，即盒子，它的“中有轻绢，作同心结”，原是未曾开启时所见，那么轻绢自然不是盒中物，“中有”之“中”，该是穿盒而过的意思，那么这一个小小的“斑犀钿花合子”，正是通常随身带着的穿心盒。“生开而视之，见相思子二，叩头虫一，发杀觜一，驴驹媚少许。生当时愤怒叫吼，声如豺虎，引琴撞击其妻，诘令实告”。相思子，叩头虫，发杀觜，驴驹媚，都是带着色情含义的物事[1]，李生所以要有一番咆哮。再回过头来看《词话》，第七十九回西门庆之死，正是特特系在这纳于袖中满盛色欲的穿心盒上，而第四回“淫妇背武大偷奸”，道西门庆“向袖中取出银穿心、金裹面、盛着香茶木樨饼儿来，用舌尖递送与妇人”，一始一终，前后照映，穿心盒之“穿心”二字，竟好像是双关语，至此更教人会得《词话》作者运用物色构筑情节的缜密之思。

[1] 周绍良《唐传奇笺证》，页175～177，人民文学出版社二〇〇〇年。

鞋尖儿上扣绣鹦鹉摘桃

打双陆、抹骨牌，游园、掐花，做针线，这是西门庆发达之后，一众家眷平日里的消闲，也是明代风俗画上常有的情景，如杜堇《仕女图》、佚名《汉宫春晓图》，后者虽用了“汉宫”的名义，所绘实为当代生活。《金瓶梅词话》第三十回，“那潘金莲见李瓶儿待养孩子，心中未免有几分气，在房里看了一回，把孟玉楼拉出来，两个站在西稍间檐柱儿底下，那里歇凉，一处说话”。《汉宫春晓图》中闲闲一笔绘出个檐柱儿底下妇人立着说话的情景，竟也可巧与《词话》的这一处叙事对应〔图7-1〕。生活中常有的光景，喜欢写实的画家和小说家不约而同捕捉到了。当然小说家还可以凭着挥洒文字讲述更多的故事。

《词话》第二十九回，潘金莲“拿着针线筐儿，往花园翡翠轩台基儿上坐着，那里描画鞋扇，使春梅

〔7-1〕
明佚名《汉宫春晓图》局部
辽宁省博物馆藏

请了李瓶儿来到”。李瓶儿问道：“姐姐，你描画的是甚么？”金莲道：“要做一双大红光素段子白绫平底鞋儿，鞋尖儿上扣绣鹦鹉摘桃。”李瓶儿道：“我有一方大红十样锦段子，也照依姐姐描恁一双儿。”

“鞋尖儿上扣绣鹦鹉摘桃”，大约是当日鞋扇上常用的绣样，相同式样的鞋儿，《词话》中不止一次提到[1]。而“鹦鹉摘桃”本是元明时代的流行图案[2]〔图7-2-1〕，明代簪钗也或取它为样范[3]〔图7-2-2〕，用作妆点绣鞋也很自然。不过从明代女子的缠足方式来看，扣绣在鞋尖儿上的鹦鹉摘桃，除了绣样之外，还有一半很可能是得自借势。

与清代所谓“三寸金莲”不同，明代女子缠足

[1] 第六十二回，李瓶儿病亡，月娘一众妇人乱着给瓶儿穿衣裳，李娇儿因问：“寻双甚么颜色鞋，与他穿了去？”潘金莲道：“姐姐，他心里只爱穿那双大红遍地金鹦鹉摘桃白绫高底鞋儿，只穿了没多两遭儿。倒寻那双鞋出来，与他穿了去罢。”吴月娘道：“不好，倒没的穿上阴司里，好教他跳火坑。你把前日门外往他嫂子家去，穿的那双紫罗遍地金高底鞋，也是扣的鹦鹉摘桃鞋，寻出来与他装绑了去罢。”

[2] 如展陈于美国大都会博物馆的山西洪洞广胜下寺元代壁画《药师经变》中的佛前供养，一左一右，皆绘的是鹦鹉摘桃。本篇用图系参观所摄。

[3] 北京市昌平区十三陵特区办事处《定陵文物图典》，图八六(图版说明作“玉桃鸟鎏金银簪”；图像是倒置的)，北京美术摄影出版社二〇〇六年。

〔7-2-1〕
山西洪洞广胜下寺元代壁画
《药师经变》局部
美国大都会博物馆展陈

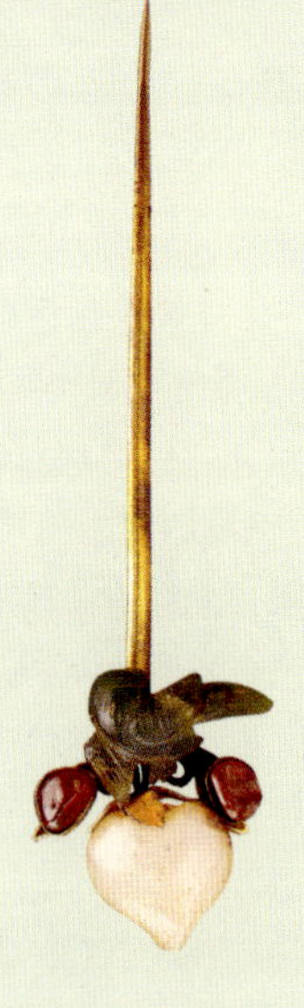

〔7-2-2〕
金镶玉鹦鹉衔桃嵌宝簪
北京定陵出土

的方式近同于南宋，即由后向前愈细愈窄，缠作拇指高翘的足尖然后反向勾曲如鸟喙[1]，看看江西德安南宋咸淳十年墓出土罗袜、浙江衢州南宋史绳祖墓出土“罗双双”银鞋[2]〔图7-3-1、2〕，便足以明了。以履头高翘为尚，原是一种传统审美。先秦时代已有履头高起略向后卷的样式，称作“绚屦”或“绚履”。《荀子·哀公》“然则夫章甫、绚屦、绅而搢笏者，此贤乎”，杨倞注引王肃说：“绚谓屦头有拘饰也。”这里的绚屦与章甫、绅带合穿，便成礼服，此后的舆服制度中也每有“绚履”一项[3]。当然它本不限于礼服，也不限于男女，常州戚家村南朝墓出土画像砖中单手拈一个博山炉的小鬟，裙下翻出的即是前端勾起且极力夸张的一双高头履[4]〔图7-4-1〕。唐代女鞋式样颇多，高头履是最为常见的一种。山西万荣唐薛儆墓石椁线刻画中的裹头宫人[5]〔图7-4-2〕、西安西郊纺织厂出

[1] 虽有宋代实例，但看起来实在残忍，不展示也罢。

[2] 前例德安博物馆藏，后例衢州博物馆藏，本篇用图为观展所摄。

[3] 如《后汉书·明帝纪》：“二年春正月辛未，宗祀光武皇帝于明堂，帝及公卿列侯始服冠冕、衣裳、玉佩、绚屦以行事。”

[4] 今藏常州博物馆，本篇用图为参观所摄。

[5] 山西省考古研究所《唐代薛儆墓发掘报告》，图版八二，科学出版社二〇〇〇年。

〔7-3-1〕
罗袜
江西德安南宋咸淳十年墓出土

〔7-3-2〕
“罗双双”银鞋
浙江衢州南宋史绳祖墓出土

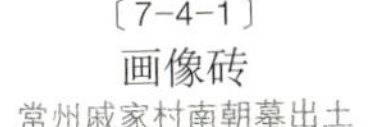

〔7-4-1〕
画像砖
常州戚家村南朝墓出土

〔7-4-2〕
裹头宫人
山西万荣唐薛儆墓石椁线刻画

〔7-4-3〕
唐三彩侍女像
西安西郊纺织厂出土

土唐三彩侍女[1]〔图7-4-3〕，不论圆领袍还是曳地长裙，下边露出的都是鞋端尖翘的高头履。烟台市博物馆藏一双辽三彩女鞋，式样与唐代相差不多[2]〔图7-4-4〕。缠足以窄尖为美也是元代风尚，并且鞋端依然后卷，喻为凤头，拟作鹦鹉，都很惬当。元乔吉〔仙吕·赏花时〕《睡鞋儿》“双凤衔花宫样弯”，张可久〔中吕·迎仙客〕《春思》“鱼尾钗，凤头鞋，花边美人安

---

[1] 今藏陕西历史博物馆，本篇用图为参观所摄。

[2] 此为参观所见并摄影。

〔7-4-4〕
辽三彩鞋
烟台博物馆藏

〔7-5〕
彩绣凤头鞋
河北隆化鸽子洞元代窖藏

在哉”[1]，词曲中的这一类描写，实在不少。不过从出土实物——如河北隆化鸽子洞元代窖藏中的彩绣凤头鞋——来看[2]〔图7-5〕，鞋端的后卷并不很明显，似更以尖窄为特色[3]。

明代妇人鞋或可视作宋元样式的合流，即细窄

[1] 隋树森《全元散曲》，页636，页933，中华书局一九六四年。

[2] 今藏隆化民族博物馆，本篇用图为观展所摄。

[3] 相关考证，见黄时鉴《元代缠足问题新探》，载《大漠孤烟：蒙古史·元史》，中西书局二〇一一年。

而鞋尖后勾，是所谓“双弯尖趦红鸳瘦小鞋”[1]。鞋有平底，也有高底，鞋帮缘边用彩线锁出山子等花样，《词话》第二十九回于此都道了个备细。后跟又做出提系，便是《词话》第二十八回说到的“鞋拽靶儿”“大红提根儿”。嘉兴王店李家坟明李湘夫妇墓出土四合如意云暗花缎鞋，长24厘米，前脸和鞋尖儿环编绣花卉，鞋尖后勾如鹦鹉回首[2]〔图7-6-1〕。江阴博物馆藏明代绣花缎鞋，通长19.2、宽6.4厘米，鞋脸绣一大朵栀子花，后鞋帮上缀着两条带子是提根儿[3]〔图7-6-2〕。江西南城明益宣王墓出土孙妃的锦鞋和绣花锦鞋共三双，两双平底，一双高底。高底的绣花锦鞋底长14.2、宽5.5厘米，两边鞋帮绣缠枝莲花，一直通贯到鞋尖，鞋尖同样是鹦鹉回首式，层叠的棉布纳作高底，外面裹一重锦料，后跟鞋帮上从里向外翻出一方锦片，上面绣着缠枝菊花，当也是用作

[1]《金瓶梅词话》第十一回，金莲和玉楼都是“双弯尖趦红鸳瘦小鞋”。第十三回，李瓶儿“白纱挑线镶边裙，裙边露一对红鸳凤嘴”。第五十九回，郑爱月儿“下穿紫绡翠纹裙，脚下露一双红鸳凤嘴”。

[2] 同墓出土有“大明嘉靖二十二年大统历”，入葬年代大约在此后不久。嘉兴博物馆《明器载道：嘉兴博物馆馆藏文物·明墓古器》，中华书局二〇一六年。本篇用图为参观所摄。

[3] 江阴博物馆《江阴文物精华》，文物出版社二〇〇九年。

提根儿[1]〔图 7-6-3〕。

以这一类常见的式样而论，“鞋尖儿上扣绣鹦鹉摘桃”，或许止须在鞋脸儿上绣出连枝带叶的桃子，借了鞋尖儿的式，便可成就。由出自明墓一对用作明器的玉鞋，正可见其大概[2]〔图 7-6-4〕。

词曲赋咏女鞋多为狎妓之作，难得有徐文长一首尽见人间至情的悼亡篇，——《徐渭集·徐文长三集》卷五《述梦》二首之二：“跣而濯，宛如昨，罗鞋四钩闲不着。棠梨花下踏黄泥，行踪不到栖鸳阁。”《词话》也每借妇人鞋来做文章，比如第二十八回潘金莲一只红睡鞋的失与得，及至金莲要把西门庆“宝上珠也一般”藏了的宋惠莲的一只睡鞋“剁做几截子掠到毛司里去”，然而如《述梦》一般的人间至情却是没有的。当然，这也正是它的独特之处。

[1] 孙妃卒于万历十年。江西省文物工作队《江西南城明益宣王朱翊钊夫妇合葬墓》，《文物》一九八二年第八期。本篇用图为参观所摄。

[2] 今藏邹城博物馆，此为参观所见并摄影。

〔7-6-1〕
四合如意云暗花缎鞋
浙江嘉兴明李湘夫妇墓出土

〔7-6-2〕
绣花缎鞋
江阴博物馆藏

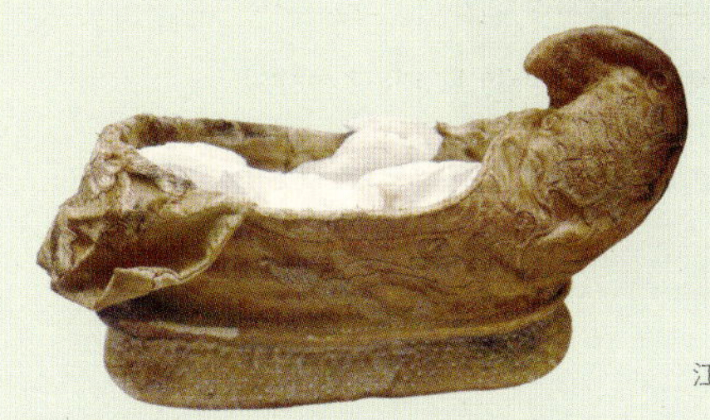

〔7-6-3〕
绣花锦鞋
江西南城明益宣王墓出土

〔7-6-4〕
玉鞋
山东邹城中心镇明墓出土

螺甸厂厅床

《词话》中与故事情节相关的床有好几张，分别属于孟玉楼、潘金莲、李瓶儿。最先出现的是玉楼的床。第七回，卖翠花儿的薛嫂儿为西门庆说亲，道孟玉楼“手里有一分好钱，南京拔步床也有两张”。娶玉楼到家，床自然做了陪嫁，而紧接着就派了用场。第八回，“六月十二日就要娶大姐过门，西门庆促忙促急，攒造不出床来，就把孟玉楼陪来的一张南京描金彩漆拔步床陪了大姐”。

再看潘金莲的床。第九回，西门庆与潘金莲合谋害死武大，随后娶金莲到家，“旋用十六两银子买了一张黑漆欢门描金床”。然而过不多日子，为着潘金莲的“争强不伏弱”，这张床就换掉了。第二十九回，西门庆来到金莲床房中，“掀开帘栊进来，看见妇人睡在正面一张新买的螺甸床上。原是因李瓶儿房中安着一张螺甸厂厅床，妇人旋教西门庆使了六十两银子，也替他也买了这一张螺甸有栏杆的床。两边槅扇都是螺甸攒造，安在床内，楼台殿阁，花草翎毛。里面三块梳背，都是松竹梅岁寒三友。挂着紫纱帐幔，锦带银钩，两边香球吊挂”。既是比着李瓶儿，则两张床该是一样的，且价钱也相当，这在后文都有回应。

三个人的三张床，在西门庆死后都各有了局。第九十六回，已是守备夫人的春梅重访旧家池馆，到了金莲房里，但见“止有两座橱柜，床也没了”，因问小玉，小玉道：“俺三娘嫁人，赔了俺三娘去了。”三娘即孟玉楼[1]。月娘走到跟前说：“因有你爹在日，将他带来那张八步床赔了大姐，在陈家，落后他起身，却把你娘这张床，赔了他嫁人去了。”春梅道：“我听见大姐死了，说你老人家把床还抬的来家了。”月娘道：“那床没钱使，只卖了八两银子，打发县中皂隶，都使了。”停会儿春梅又问起昔日李瓶儿的螺钿床怎的也不见，月娘道：也是家中没盘缠，卖了。春梅

[1] 此事在前面先已交代：第九十一回，玉楼改嫁李衙内之日，“原旧西门庆在日，把他一张八步彩漆床陪了大姐，月娘就把潘金莲房那张螺钿床陪了他”。

问:“卖了多少银子?”“止卖了三十五两银子。”“可惜了的那张床,当初我听见爹说,值六十两多银子,只卖这些!”张竹坡评点这一回,道它“乃一部翻案之笔点睛处也。向日写瓶儿,写金莲等人,今皆一一散去。使不写春梅一寻旧游,则如流水去而无潆回之致,雪飘落而无回风之花,何以谓之文笔也哉”。“又见此成彼败,兴亡靡定,真是哭杀人、叹杀人”。所谓叙事有“潆回之致”,在此把三个妇人的三张床一一结果,也正是撩起微澜的一笔。且不论春梅之问、月娘之答,各含机锋,各见性情,各有前后之呼应,止看这几张床是何等物色。

“拔步床”,《金瓶梅鉴赏辞典》说它“又称踏步床、八步床,是一种结构高大的木床。下有承托全床的木板平台,床前沿有小廊,廊上设立柱,柱间安栏干。床边和床下分别附有小柜、抽屉。四角竖有挂帐子的支架。在《鲁班经匠家镜》中,大型的拔步床,称大床,一般的拔步床,称凉床。区别在于,前者四壁有如小屋,床顶为木板;后者四壁透风,床顶由木框做成”[1]。不过在《天水冰山录》“一应变价螺钿彩

[1] 上海市红楼梦学会等《金瓶梅鉴赏辞典》,页688,上海古籍出版社一九九〇年。

漆等床”一项中，八步床与凉床却是分别列出，而八步床又分大床和中床两种，凉床一类则又单列出小凉床一种，并各有估价：“螺钿雕漆彩漆大八步等床五十二张，每张估价银一十五两”；“彩漆雕漆八步中床一百四十五张，每张估价银四两三钱”；“描金穿藤雕花凉床一百三十张，每张估价银二两五钱”；“山字屏风并梳背小凉床，一百三十八张，每张估价银一两五钱”。与《词话》中的价钱相比，这里的估价低了很多，抄没物资之变卖与市场价不同，旧床与新床不同，大约都是原因之一。

拔步床属于大型家具，以实用为主，古代不入收藏，因此传世品中明代的实例很少，出土者多为明器。山西长治沙峪村明墓出土明器中有绿釉露胎拔步床[1]〔图8-1-1〕，上海明潘允徵墓〔图8-1-2〕、苏州明王锡爵墓出土明器有木制的拔步床[2]〔图8-1-3〕。传世品例子，有美国纳尔逊美术馆收藏一张明黄花梨拔步床[3]〔图8-1-4〕。孟玉楼手里的“南京拔步床也有两张”，当属这一类式样。它也是《天水冰山录》列出

[1] 今藏山西省考古研究所，照片承考古所提供。

[2] 今藏苏州博物馆，此为参观所见并摄影。

[3] 王世襄《明式家具研究 · 文字卷》，页 75 ；《图版卷》，页 123，丙 19，三联书店（香港）有限公司一九八九年。

〔8-1-1〕
绿釉露胎拔步床（明器）
山西长治沙峪村明墓出土

〔8-1-2〕
拔步床（明器）
上海明潘允徵墓出土

〔8-1-3〕
拔步床（明器）
苏州明王锡爵墓出土

〔8-1-4〕
明黄花梨拔步床
美国纳尔逊美术馆藏

〔8-2-1〕
朱漆木架子罗汉床（凉床，明器）
山东邹城明鲁荒王墓出土

〔8-2-2〕
《月露音》插图
万历四十四年刊本

的大八步床。同书列出的“山字屏风并梳背小凉床”，山东邹城明鲁荒王墓出土明器中的“朱漆木架子罗汉床”是一例，——床的左、右、后三面有整板围子，板上用木条贴出栏格，即所谓“山字屏风并梳背”，明万历四十四年刊本《月露音》插图中的床，则是“里面三块梳背”的样式[1]〔图8-2-1、2〕。《词话》第三十四回，西门庆的书房内，“里面地平上安着一张大理石黑漆缕金凉床”，便是这一类，大理石是嵌在山字屏风上。

---

[1] 山东博物馆等《鲁荒王墓》上册，页172，文物出版社二〇一四年；马文大等《明清珍本版画资料丛刊》（四），页60，学苑出版社二〇〇三年。

“黑漆欢门描金床”，《金瓶梅鉴赏辞典》释曰：“‘欢门’，《梦粱录·面食店》：食店‘近里门面窗牖，皆朱绿五彩装饰，谓之欢门’。‘黑漆欢门描金床’，当指黑漆描金床的前面有五彩装饰者。”不过既曰黑漆描金，则不应再有“五彩装饰者”。这里的欢门，或指床前的镂空花罩，比如今藏故宫博物院的一张明黄花梨月洞式门罩架子床[1]〔图8-3-1〕，它应属于《天水冰山录》列出的八步中床。

“厂厅”，即敞厅，有栏杆的厂厅床，式样当如前举几座墓葬出土明器中的大拔步床。明王玉峰《焚香记》传奇第二十二齣，金大员外设计诈娶敫桂英，遂吩咐手下“将西厅嵌八宝螺蛳结顶黑漆装金细花螺甸象牙大拔步床，作急星夜搬装十二透明楼下，待我回来成亲”，也是一张黑漆螺钿八宝嵌、有栏杆的厂厅床。螺钿敞厅床是拔步床中最考究的一种，价钱也最高，虽然《金瓶梅词话》与《天水冰山录》中列举的价钱相差不少，但与其他种类的床相比，螺钿大拔步床居首，则是一样的。螺钿大拔步床存世更少，今藏

[1] 床高227、长247.5、宽187.8厘米。朱家溍等《故宫博物院藏文物珍品大系·明清家具》上册，图一，上海科学技术出版社等二〇〇二年。

〔8-3-1〕

明黄花梨月洞式门罩架子床

故宫博物院藏

故宫博物院的一张黑漆螺钿花蝶纹架子床，是明末清初物。四面平式，四角立矩形柱，两边矮围子，后沿两柱间嵌大块背板[1]〔图8-3-2〕。不过它仍属八步中床，比有栏杆的敞厅床尚差了一等。日本京都藤井有邻馆藏一张明代螺钿拔步床，高近两米三，前有敞厅，两边安着槅扇，通体黑漆，螺甸攒造，遍施楼台殿阁、花草翎毛、麒麟瑞兽、仙人乘槎[2]〔图8-4〕。传说是明太祖用过的，但恐怕也只是传说，不过它的样式与装饰方法却是与《词话》中的描述颇为相似。螺甸厂厅床，此可以当之。

回过头来再看春梅与月娘关于三张床的最末一番对话——“早知你老人家打发，我倒与你老人家三四十两银子，我要了也罢。”月娘道：“好姐姐，诸般都有，人没早知道的。”

---

[1] 床系岳彬旧藏，长209.5、宽112.2、高211.2厘米，座高47.8厘米。《故宫博物院藏明清家具全集·3·床榻》，故宫出版社二〇一五年。

[2] 此为参观所见，本篇用图采自『有鄰館精華』，圖一八六，有鄰館学芸部二〇〇四年。

〔8-3-2〕
黑漆螺钿花蝶纹架子床（正面、侧面）
故宫博物院藏

〔8-4〕
明黑漆螺钿拔步床
日本京都藤井有邻馆藏

单单儿怎好拿去

先秦至明清，漆盒始终是日常生活中派了多种用场的器具，主要有两大用途，一是置放自家日常用物，一是相互递送物事。关于后者，元熊梦祥《析津志·风俗》一节说道：“又有红漆四方盒，有替者盛诸般果子，仍以方盘铺设案上。若官员、士庶、妇人、女子，作往复人情，随意买送，以此方盘不分远近送去。此盒可以蔽风沙，并可收拾，并远年之器。”这里说到的“替”，便是设在盒里的浅盘，略如后世之屉。如果只有一屉，那么多是做成口沿外翻，使它刚好坐在盒口。“往复人情”云云，则即相互递送人事。这里没有提及是否“回盒”，不过此前的送礼通常是连同包装的。唐宋时代的礼帖不仅条列礼物名目、式样，而且不厌其详具陈置物器具的质地、形制乃至细微及于锁钥。友朋、同僚、君臣以及政权之间的往来，都是如此。

明清时代，漆盒的使用更为普遍。明人编纂日用小百科《世事通考》中的“漆器”一项里，箱盒之类占了大半，如缄装、果盒、馔盒、酒箱、食箱、皮匾、镜匣、帽匣、帽盝（原小字注：音禄）、花盝、食盒、拜帖匣、头巾箱，等等。缄装，又作检装或拣妆，便是妆盒。帽盝、花盝，当是盖顶四角斜下的盝顶盒子，汉代以来即为妆具常常取用的式样。登录嘉靖权相严嵩抄没之家产的《天水冰山录》，有“一应变价盘盒竹木家火磁器等项”，其中列有雕漆盘盒、漆描金盘盒、抬盒抬箱、各样果盒、竹丝旧攒盒、各色冠带盒、大小木盒、磁大小香盒诸般名目，每类数量多在一二百件，惟“漆描金盘盒”一类是五百三十一个。显宦、士绅、富商之家的日用匣盒，数量也不会少。仇英《清明上河图》中绘街边的一家漆器铺，门口高张“各样描金漆器”，画面中货架和柜台上的漆器实以各样匣盒为多〔图9-1〕。明杜堇《仕女图》长卷中也有朱漆盒、黑漆描金的大捧盒现身其间[1]〔图9-2〕。

漆盒有各式造型：圆及椭圆，四方、八方及长方，又或肖形如瓜、桃、石榴、柿子，用宋元人的说

[1] 前例辽宁省博物馆藏，后例上海博物馆藏，此为参观所见并摄影。

〔9-1〕
仇英《清明上河图》局部
辽宁省博物馆藏

〔9-2〕
杜堇《仕女图》局部
上海博物馆藏

〔9-3〕
春盛·黑漆螺钿八方盘图案局部
大英博物馆藏

法便是“象生”。又有由节令时物演变而来的吉祥物，如方胜、叠胜、银锭。尺寸大的捧盒多用作攒盒，多撞的提盒宜为食盒，高濂《遵生八笺·燕闲清赏笺上》“论剔红倭漆雕刻镶嵌器皿”所云“春撞”，即此，因它也名春盛，这里包括了圆盒与方匣[1]〔图9-3〕。尺寸小的雕漆圆盒，多用作香盒，高濂说到的“四五寸香盒以至寸许者”，又或“两面俱花”者，是此类。《西游记》第九十六回形容寇员外家佛堂陈设，道是

[1] 如漆器图案中表现出来的使用情景，大英博物馆藏黑漆螺钿八方盘图案，是一例。此为参观所见并摄影。

“古铜炉，古铜瓶，雕漆桌，雕漆盒”，“雕漆桌上五云鲜，雕漆盒中香瓣积”。《金瓶梅词话》第五十二回翡翠轩中床边香炉旁的“香盒儿”，大约也是这一类。上海闵行马桥镇明道士顾守清墓尚出土一枚永乐款剔红茶花图盒，直径 5.6 厘米，正是香盒的样式和尺寸〔图 9-4-1〕。南京博物院藏一件明方如椿制黑漆描金盒，盒长 51.2、宽 33.7、通高 13.8 厘米，盖内、盒底均有“崇祯癸未方如椿仪”金字款。盒盖四面立墙竹丝编，底端有壶门式足，盖面黑漆描金一幅东山报捷图〔图 9-4-2〕。《天水冰山录》中列举的竹丝攒盒，这一件竹丝漆盒可以当之。它自然也是方便放置攒盘的，安徽博物院藏造型和尺寸相近的一件正好可以同看。漆盒长 50.3、宽 31、通高 11.3 厘米，时代约当明末。漆盒四面边墙用细竹丝编作斜向卍字纹，盒里是两种样式的十一个攒盘，攒盘里面都髹红漆，中间的三个，外缘是黑漆描金缠枝莲，两边的八个是红漆描金缠枝花草。盖面开光里描金彩绘一幅荷亭雅集图[1]〔图 9-4-3〕。盒里放上几样下酒的凉菜和干鲜果品，便也称果盒。《金瓶梅词话》第二十七回，“远远只见春梅拿着酒，秋菊掇着果盒”，“西门庆一面揭开盒，里边攒就

[1] 例一今藏上海博物馆，以上三例均为观展所摄。

〔9-4-1〕
永乐款剔红茶花盒
上海闵行明道士顾守清墓出土

〔9-4-2〕
方如椿制东山报捷图黑漆描金竹丝盒
南京博物院藏

〔9-4-3〕
荷亭雅集图描金彩绘竹丝攒盒
安徽博物院藏

的八槅细巧果菜：一槅是糟鹅胗掌，一槅是一封书腊肉丝，一槅是木樨银鱼酢，一槅是劈晒雏鸡脯翅儿，一槅鲜莲子儿，一槅新核桃穰儿，一槅鲜菱角，一槅鲜荸荠”。

盒虽然有名称的分别，但用途却并不固定。元《金水桥陈琳抱妆盒杂剧》第二折：〔正末抱妆盒上云〕“自家陈琳的便是。万岁爷赐我这黄封妆盒，到后花园采办时新果品，去与南清宫八大王上寿。”这是用了妆盒去采办时新果品。《词话》第四十四回，李瓶儿分付迎春，“定两盏茶儿，拿个果盒儿”，“银姐不吃饭，你拿个盒盖儿，我拣妆里有果馅饼儿拾四个儿来，与银姐吃罢”。“拣妆”，便是前引《世事通考》中列举的“缄装”，吴月娘的拣妆里也还放着六安茶。按照明代通俗类书《增补易知杂字全书》中的图示，它的一般样式是个盝顶的方盒。而名作“食盒”者，也并不是专用。《词话》第十四回，李瓶儿将金银细软交付西门庆收贮，“西门庆听言大喜，即令来旺儿、玳安儿、来兴、平安四个小厮，两架食盒，把三千两金银先抬来家”。可见除了吃食之外，食盒也不妨按照需要随时派作他用。浙江省博物馆藏两件黑漆螺钿盒，图案都是薄螺钿镶嵌，一个直径25.5厘米，高14.4厘米，盖面一幅月下焚香抚琴图，是元末明初的制品。另一个是明代黑漆螺钿八方盒，口径31×27.3厘米，五层立墙和盖面的主图用薄螺钿分别镶嵌二十四孝图。这两件都可用作果盒与食盒[1]〔图9-5-1、2〕。

名作拜匣的一类，用途就更广。当然第一是盛放拜帖、请帖及礼帖。主人出门访客，由跟随的仆人手持。《词话》第五十八回，西门庆请了温秀才作西宾，遂拨了画童儿服侍他，“替他拿茶饭，舀砚水。他若出门望朋友，跟他拿拜帖匣儿”。仇英《清明上河图》的街景中有与此大致对应的主仆二人〔图9-6〕。拜帖匣儿又或称作书箧。《词话》第二十八回先道秋菊从藏春坞西门庆的书箧内寻出宋惠莲的一只绣鞋，后面

[1] 两例均为参观所见并摄影。

〔9-5-1〕
月下抚琴图黑漆螺钿盒
浙江省博物馆藏

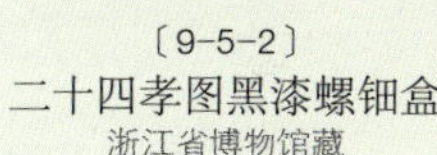

〔9-5-2〕
二十四孝图黑漆螺钿盒
浙江省博物馆藏

〔9-6〕
仇英《清明上河图》局部
辽宁省博物馆藏

又是潘金莲拿此事嗔道西门庆把绣鞋收在“藏春坞雪洞儿里，拜帖匣子内，搅着些字纸和香儿一处放着”。拜匣又差不多是出门时候的随身物品，也正因为如此，它不仅仅用作置放拜帖和笔墨，举凡银钱、票据、契约、图章、首饰，珍好之雅玩，常用之药物，都不妨纳入其中，可以说，正用之外，拜匣另外再放其他物事其实是任随人意，并且大小不拘的。《词话》第五十七回，“且说西门庆听罢了薛姑子的话头，不觉心上打动了一片善念，就叫玳安取出拜匣，把汗巾上的小钥匙儿开了，取出一封银子”。拜匣通常的样式是长方而略扁，若用紫檀或花梨等硬木，本色便好。若制为漆木盒，式样就更多。上海宝山顾村镇明朱守城夫妇墓出土一件紫檀长方盒，为男主人的随葬物。盒长 26.2、阔 16.3 厘米，内里分作上下两格，出土时里面放着木梳三枚〔图9-7〕。上海闵行马桥镇明道士顾守清墓出土描金长方漆盒，长 22、宽 9.5 厘米，内分上下两层，上层盛木梳，下层放了刷抿等物。今仅存盒盖[1]。

关于漆盒的使用，《词话》也是不吝惜笔墨，特

[1] 何继英《上海明墓》，页 125，彩版七五：3、彩版三，文物出版社二〇〇九年。前件报告称之为“紫檀梳妆盒”。

〔9-7〕
紫檀拜匣
上海宝山明朱守城夫妇墓出土

别是礼尚往来之间。第十五回，道正月十五是李瓶儿的生日，“西门庆这里，先一日差小厮玳安，送了四盘羹菜，两盘寿桃，一坛酒，一盘寿面，一套织金重绢衣服”，写了吴月娘的名字，送与李瓶儿做生日。“李瓶儿一面分付迎春外边明间内放小桌儿，摆了四盒茶食，管待玳安”，“两个抬盒子的与一百文钱”。“随即使老冯儿用请书盒儿，拿着五个柬帖儿，十五日请月娘与李娇儿、孟玉楼、潘金莲、孙雪娥”。短短一节叙事，两番人情往来，却少不得要有几种不同的盒子穿插其间。西门庆送的寿礼，先是没提如何送至，但后文道李瓶儿给了两个抬盒子的一百文钱，可知这份人事是装在多层亦即三撞或四撞的漆盒里雇人抬的来，其情景即如仇英《清明上河图》中所绘〔图9-8〕。李瓶儿管待玳安，小桌儿上摆了四盒茶食，此

〔9-8〕
仇英《清明上河图》局部
辽宁省博物馆藏

茶食盒也或称作茶盒，《词话》第四十三回，吴月娘分付玉箫管待两个唱的，也是“一面放下桌儿，两方春槅，四盒茶食”。“春槅”，乃攒盒一类，如前面举出的竹丝攒盒。末后瓶儿派了老冯送柬帖儿，柬帖儿必要用着请书盒儿，此请书盒儿，也称作拜匣、拜帖匣，多取用漆木器。《西游记》第八十九回，黄狮精将设钉耙会，派了小妖去请老妖王，那小妖免不得也要“左胁下挟着一个彩漆的请书匣儿”。

柬帖儿不可徒手递送，讲究者，礼物往来也是如此，而不论大小多少。《词话》第十回，西门庆家的小厮玳安领下李瓶儿使唤的绣春来见，“一个小女儿，才头发齐眉儿，生的乖觉，拿着两个盒儿”，“走到西门庆、月娘众人跟前，都磕了头，立在旁边，说：‘俺娘使我送这盒儿点心，并花儿，与西门大娘戴。’揭开盒儿看，一盒是朝廷上用的果馅椒盐金饼，一盒是新摘下来鲜玉簪花儿”。

礼盒往往还要回送。《词话》第四十一回，乔亲家使孔嫂儿押担子给李瓶儿送了生日礼来，受礼的这边一面待茶，“一面打发回盒起身”。同书第四十二回，“十四日早装盒担，教女婿陈经济，和贲四穿青衣服押送过去。乔大户那边酒筵管待，重加答贺，回盒中回了许多生活鞋脚，俱不必细说”。所谓“回盒”，也常常是用送礼来的原盒。《词话》第四十五回，月娘“教玉箫将他那原来的盒子，装了一盒元宵，一盒白糖薄脆”。这是回李桂姐的一份。同一回，腊梅来接吴银儿，月娘遂分付玉箫“拿他原来的盒子，装了一盒元宵，一盒细茶食，回与他拿去”。

匣盒每用于递送人事，更要讲究制作精巧。有心人往往会斟酌器与物的配合使用，细心选择样式，用色彩或纹样营造视觉效果，当然这也是传统。白居易《与沈杨二舍人阁老同食敕赐樱桃玩物感恩因成十四韵》句云“清晓趋丹禁，红樱降紫宸”“圆转盘倾玉，鲜明笼透银”。诗题所谓“玩物”之“物”，自也包括盛着樱桃的银丝笼，“鲜明笼透银”，正是令人爱喜的视觉效果。这是借助色彩，也还不妨借助造型和纹样。虽然器具在消费者手里究竟派作什么用场，常依个人所好，并无一定之规，不过总有一个约定俗成的时代风习。《词话》中关于各样盒子的使用，也正是时代风习的细节展示。

擅长以“物”叙事的《词话》作者自然也没有放过以盒的使用来做足文章。小说里不同场合的盒子有各种样式，也涉及好几种工艺，如雕漆、螺钿、戗金、描金，而下笔自有斟酌。比如铺排场景。第四十一回，在乔大户家的宴席上，月娘做主，把李瓶儿生养的官哥儿与乔大户家的长姐结了儿女亲家，于是“月娘一面分付玳安、琴童快往家中对西门庆说，旋抬了两坛酒、三匹段子、红绿板儿绒金丝花、四个螺甸大果盒”。又比如彰显身分。第三十二回，“两个青衣家人，戢金方盒拿了两盒礼物：焖红官段一匹，福寿康宁镀金银钱四个，追金沥粉彩画寿星博浪鼓儿一个，银八宝贰两”。此是西门庆庆生儿，薛太监送的礼。薛太监在《词话》里也称作薛内相，是派驻山东清河地方专管皇庄的太监，与管砖厂的刘太监同为西门庆所交往的重要官场人物。所云“戢金方盒”，当即戗金方盒。刘若愚《酌中志》卷十六“甜食房”条说道，“掌房一员，协同内官数十员。经手造办丝窝虎眼等糖，裁松饼减炸等样一切甜食。于内官监讨取戗金盒装盛，进安御前，兼备进赐各官及钦赐阁臣等项”，所记为万历至崇祯初年的宫中规制。可知薛太监的“戢金方盒”，并非全无来历。同样是送给官哥儿的见面礼，西门庆的盛宴上，月娘教奶子如意儿抱出官哥儿来，应伯爵与谢希大却是“每人袖中掏出一方锦段兜肚，——上着一个小银坠儿，惟应伯爵是一柳五色线，上穿着十数文长命钱”。这是“单单儿”从袖子里掏出来，也正与二人身分相符。

第七十一回，王经和西门庆说，他姐姐王六儿托他到翟谦翟管家府上去看看爱姐，捎上几样物事。西门庆问："甚物事？"王经道："是家中做的两双鞋脚手。"西门庆道："单单儿怎好拿去？"分付玳安："我皮箱内有稍带的玫瑰花饼，取两罐儿，用小描金盒儿盛着。"这才教王经往府里看爱姐。翟谦是蔡京的大官家，西门庆与蔡京之间的直接牵线人。爱姐是西门庆的伙计韩道国之女，便是西门庆受翟管家之托为他物色的小妾，于是两下里互称"亲家"。既有如此关系，便是"家中做的两双鞋脚手"，如何送达，也要花费一点心思。"单单儿怎好拿去？"既指捎的物事太显单薄，也是说送礼必要有盛器，且须讲究与所送之物配合相当。而西门庆行李中用作打点人事的各式漆木盒正恐怕不止一个。

第六十七回，西门庆为李瓶儿荐亡事毕，妓院的郑春来了。"那郑春手内拿着两个盒儿，举的高高的跪在当面，上头又阁着个小描金方盒儿。……揭开，一盒果馅顶皮酥，一盒酥油泡螺儿"。西门庆又问："那小盒儿内是什么？"郑春悄悄跪在西门庆跟前，揭开盒儿，说："此是月姐稍与爹的物事。""西门庆把盒子放在膝盖儿上揭开，才待观看，一边伯爵一手挝过去，打开是一方回纹锦双栏子细撮古碌钱同心方胜结穗桃红绫汗巾儿，里面裹着一包亲口磕的瓜仁儿。”《词话》写妓女，于郑爱月儿用的是一副精致笔墨，见得她虽然也是一般有心计，却偏生善用娇怯、婉冶和慧巧。酥油泡螺儿的意味，已由在旁边插科打诨的应伯爵一语道破：“死了我一个女儿会拣泡螺儿，如今又是一个女儿会拣了。”“亲口磕的瓜仁儿”，自然是寄情。《挂枝儿·私部·赠瓜子》：“瓜仁儿本不是个希奇货，汗巾儿包裹了送与我亲哥。一个个都在我舌尖上过。礼轻人意重，好物不须多。多拜上我亲哥也，休要忘了我。”又《隙部·扯汗巾》“汗巾儿人事小，汗巾儿人意多”[1]。可知这份人事样样都是精意挑选，汗巾儿的纹样不曾忽略要它含情脉脉，一个小描金盒自然也花费了心思。却偏有旁边的应伯爵“把汗巾儿掠与西门庆，将瓜仁两把喃在口里都吃了，比及西门庆用手夺时，只剩下没多些儿”，便骂道：“怪狗才，你害馋痨馋痞！留些儿与我见见儿，也是人心。”伯爵道：“我女儿送来，不孝顺我，再孝顺谁？我儿，你寻常吃的勾了。”随后西门庆“把汗巾收入袖中”，分付王经：“把盒儿掇到后边去。”小描金盒

[1]《明清民歌时调集》上册，冯梦龙等编述，页56，页143，上海古籍出版社一九八七年。按《扯汗巾》两首末后有冯梦龙的一段评述，可与《词话》相互发明。

里装的一番柔情蜜意，登时被悉数消解。而这才是《金瓶梅词话》独有的精采。

酒事

说酒事，酒本身自然是第一。此外同样重要的两项便是饮酒方式和酒器。而酒器之名目、时风影响下的酒器之造型与纹饰、酒器在不同场合的使用，又同前两项紧密相关，以此共同构成一个时代的“酒文化”。

元代从西域传来蒸馏酒，时名哈刺吉，不过时至明代，出现在南北宴席上的仍以黄酒为多。李时珍《本草纲目》卷二十五“烧酒”条曰：“烧酒非古法也，自元时始创其法，……其清如水，味极浓烈，盖酒露也。”又述其利弊，道“烧酒，纯阳毒物也”，“与火同性，得火即燃，同乎焰消。北人四时饮之，南人止暑月饮之。其味辛甘，升扬发散；其气燥热，胜湿祛寒”，“过饮不节，杀人顷刻”。相形之下，黄酒自然温和得多。顾起元《客座赘语》卷九“酒”条曰“士大夫所用惟金华酒”，这是明代中后期时候的境况。而成书于康熙年间的刘廷玑《在园杂志》卷四“诸酒”条尚云“京师馈遗，必开南酒为贵重”。直到晚清梁章钜《浪迹续谈》卷四“绍兴酒”一节仍曰“今绍兴酒通行海内，可谓酒之正宗”，“实无他酒足以相抗”。

《金瓶梅词话》故事发生地点的山东清河虽为托名，但作者选取的素材该是以北方为主，而书中提到的酒，诸如金华酒、浙江酒、麻姑酒、南来豆酒[1]，都是南酒，即便烧酒，亦为“南烧酒”，虽然这是很低档的一类[2]。刘公公送给西门庆的自酿木樨荷花酒，也还是以黄酒为酒基的配制酒，这些都与史料记载相

[1] 明王士性《广志绎》卷四《江南诸省》云两浙各郡邑所出名产皆以地得名，所举诸物有“金之酒”，即金华酒。麻姑酒产江西，见《本草纲目》卷二十五《酒》。豆酒，宋应星《天工开物》第十七《麴糵》“酒母”条曰：“近代浙中宁、绍则以绿豆为君，入麴造豆酒，二酒颇擅天下嘉雄。”

[2] 篠田统《中国食物史研究》“明代的饮食生活”一节说道，“酒类，连烧酒都标明南烧酒，非常推崇南方的酒，但尚未有绍兴酒的名字，通常推举的是金华酒，也能看到苏州三百泉酒的名字”。“这时候的白酒不是现在的高粱酒，后者明代称作烧酒或者火酒。至于白酒盛夏也要温后喝，这白酒可能和《齐民要术》中的用法一样，指的是浊酒”。

一致。因此之故，明代的饮酒通常仍是习惯热饮[1]。只是酒注自元代始已不再流行与温碗合为一副，器中酒冷，可以炉火随时烫热，明人习称为“盪”，有时候所谓“筛”，也是这样的意思。如《词话》第五十七回，西门庆又叫道：“开那麻姑酒儿盪来。”第三十五回，“把金华酒分付来安儿就在旁边打开，用铜甑儿筛热了拿来”。又第四十六回，书童道：“小的火盆上筛酒来，扒倒了锡瓶里酒了。”明陆嘘云《世事通考·酒器类》因列有“既济炉”，其下注云：“即水火炉也。”明末话本小说《鼓掌绝尘》第一回记述几人道观饮酒的光景，曰许道士“唤道童把壶中冷酒去换一壶热些的来”，道童便“连忙去掇了一个小小火炉，放在那梅树旁边，加上炭，迎着风，一霎时把酒烫得翻滚起来”。辽宁省博物馆藏明人《汉宫春晓图》中的一段，是三个女子在山石边摆了小桌投壶饮酒，旁边侍女捧着酒注，山石侧后的高桌一侧放着酒坛和炭篮，火炉上坐着酒瓶，炉前侍女持扇，“加上炭，迎

[1] 其实清代也还是如此。《红楼梦》第三十八回道黛玉“拿起那乌银梅花自斟壶来，拣了一个小小的海棠冻石蕉叶杯”，斟了半盏，“看时却是黄酒，因说道：‘我吃了一点子螃蟹，觉得心口微微的疼，须得热热的喝口烧酒。’宝玉忙道：‘有烧酒。’便令将那合欢花浸的酒烫一壶来”。

着风，一霎时把酒烫得翻滚起来”，正是如此情景〔图10-1-1〕。常用的小火炉便是也用来烹茶的风炉，出现在明代绘画中的多是如此。不过在实际生活中，盪酒往往不把盛酒器直接放在炉火上加热[1]，而是置于注了汤亦即热水的容器，则与炉火直接接触的原是汤器，如此，在加热过程中方才对酒毫无损伤。且看明李士达的一轴花卉图，画幅左下方一个火盆，盆中燃着的炽炭围了一个提梁壶，敞开的壶口露出一截斜插在里面的瓶颈[2]〔图10-1-2〕，这是盪酒的场景自无疑问。

酒注，明代也称酒壶、执壶，或曰瓶。金银酒注的典型样式之一，是壶身瘦削，修颈，细流，钩柄，外撇的壶口有盖子，盖顶通常一个宝珠钮，钮下每有攀索与钩柄相系连。明人或依它的造型呼作金素、银素；素，也作嗉，鸡嗉也。《词话》中的“团靶勾头鸡膝壶”（第二十一回），即是此物，而第四十九回所云“团靶钩头鸡脖壶”，便是更为传神的名称。典型样式之又一种，则壶颈短而壶腹圆，开列在《天水冰山录》严相府浮财中名作“墩子壶”的当是这一类。

---

[1] 当然用酒壶直接加热是省便之法，这样例子也不少。《金瓶梅词话》第四十六回，小玉与玳安说：“壶里有酒，筛盏子你吃？”于是“下来把壶坐在火上”。

[2] 今藏嘉兴博物馆，此为参观所见并摄影。

〔10-1-1〕
明佚名《汉宫春晓图》局部
辽宁省博物馆藏

〔10-1-2〕
明李士达花卉轴局部
嘉兴博物馆藏

尚有矮短高瘦介于二者之间的一种，常见的称呼便是执壶，如北京永定门外南苑明万通墓出土的一把金镶宝飞鱼纹执壶[1]〔图10-2-1〕。而不论高瘦抑或矮短，壶腹多做出一个杏叶式开光。所谓“金素杏叶壶”“飞鱼杏叶壶”“金麒麟杏叶壶”，登录于《天水冰山录》的严府家财此式金壶有十六把。“飞鱼杏叶”“麒麟杏叶”，便是在杏叶开光中装饰飞鱼或麒麟。依照这里的名称，北京右安门外明万贵墓出土的一把金壶，是金素杏叶壶〔图10-2-2〕；出自湖北钟祥明梁庄王墓的金壶[2]，便是金素杏叶墩子壶〔图10-2-3〕；今藏美国费城博物馆的明代执壶，乃金镶宝龙纹杏叶壶〔图10-2-4〕；今藏大英博物馆的一把明代珐琅执壶，为麒麟杏叶壶[3]〔图10-2-5〕。北京海淀八里庄明李伟夫妇墓出土一把银六棱花鸟壶〔图10-3-1〕，首都博物馆藏铜鎏金狮钮盖六棱花鸟壶一把[4]〔图10-3-2〕，可与《天水冰山录》的“金六楞草兽壶”相对照。盖钮巧制为狮子戏

[1] 器藏首都博物馆，此系观展所见并摄影。下文所举万通以及万贵墓出土物，均同此。

[2] 湖北省考古研究所《梁庄王墓》，文物出版社二〇〇七年。按器藏湖北省博物馆，本篇用图系观展所摄。下文所举梁庄王墓出土物，均同此。

[3] 两例均为实地参观所见并摄影。下文所举大英博物馆藏品均同此。

[4] 本篇用图系观展所摄。

〔10-2-1〕
金镶宝飞鱼纹执壶
北京永定门外明万通墓出土

〔10-2-2〕
金素杏叶壶
北京右安门外明万贵墓出土

〔10-2-3〕
金素杏叶墩子壶
明梁庄王墓出土

〔10-2-4〕
金镶宝龙纹杏叶壶
美国费城博物馆藏

〔10-2-5〕
珐琅麒麟杏叶壶
大英博物馆藏

〔10-3-1〕
银六棱花鸟壶
北京海淀明李伟夫妇墓出土

〔10-3-2〕
铜鎏金狮钮盖六棱花鸟壶
首都博物馆藏

球自然不同于通常的宝珠钮，《天水冰山录》登录财产品名因此要特别标出，如“金素狮顶壶”。湖北蕲春横车镇明荆恭王墓出土狮钮盖金壶一把[1]〔图10-3-3〕，也是这一类。至于北京定陵出土白玉寿字杏叶壶[2]〔图10-4〕，品级却又独在诸器之上了。

与前朝相较，明代酒具最显著的不同是酒盏的尺寸和造型，一面是尺寸小了，一面是由宋元时代的撇口浅腹而易为敛口深腹，当然这里的深和浅是相比较而言。明人编纂《增补易知杂字全书》中的“盏”图，是它的一般样式〔图10-5〕，而同书下栏文字部分的“磁器酒器石器门”，又有合成一个词条的“锺盏”。其实明人称“盏”，称“杯”，称“瓯”，称“锺”，所指并不十分确定，《三才图会》中的“瓯”图，即有四种样式〔图10-6〕，此“瓯”，也可以视作“锺”的雅称[3]。从实际运用来看，锺的名称更为普遍，并且它在明代适用的范围很广，不仅饮酒之器可曰酒锺，吃茶之器也可曰茶锺——《朱氏舜水谈

[1] 器藏蕲春县博物馆，本篇用图为观展所摄。下文所举蕲春出土金台盏、银执壶，均同此。

[2] 本篇用图系观展所摄，下文所举定陵出土锡明器和银茶壶均同此。

[3] 方以智《通雅》卷三十四《器用 · 杂用诸器》“今谓茶锺曰瓯，古则曰甂瓯”。

〔10-3-3〕
狮钮盖金素杏叶壶
湖北蕲春明荆恭王墓出土

〔10-4〕
白玉寿字杏叶壶
北京定陵出土

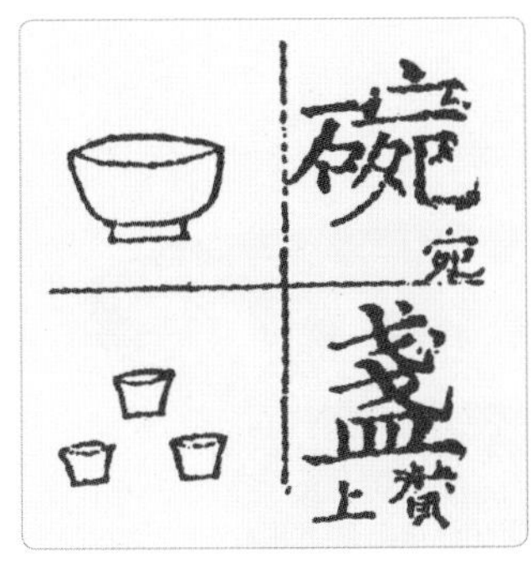

〔10-5〕
《增补易知杂字全书》中的
“碗”“盏”图

〔10-6〕
《三才图会》中的瓯图

绮》卷下“器用”一项列有“锺”，释云：“茶锺，酒锺”[1]。此外，锺的式样也并不一致：或大或小，或平底或高足，或无柄或有柄，概可称“锺”。湖北蕲春刘娘井明荆端王次妃刘氏墓出土一个灵芝柄嵌宝小银杯，底有铭文曰“銀鍾壹個重壹兩肆錢捌分整”[2]〔图10-7〕。自报家门，它似乎可以视作明代酒锺的标准样式，但如前所述，银锺的名称实际上并非此式所专用。

宋元时期流行的台盏，即承盘盘心耸出一个高台，高台上承酒盏，到了明代已近乎隐退，虽然名称

[1]《朱氏舜水谈绮》，页383，华东师范大学出版社一九八八年。

[2] 小屯《刘娘井明墓的清理》，页55，《文物参考资料》一九五八年第五期。按器藏湖北省博物馆，此承馆方惠允观摩并拍照。

〔10-7〕
银锺
湖北蕲春明荆端王次妃刘氏墓出土

犹存。此际曰“盘盏”，曰“台盏”，或曰“台盘一副”，其实所云皆为宋元称作“盘盏”的一类，《三才图会》中的盘盏图〔图10-8-1〕与明墓出土自铭“台盏”者式样几乎无别，即是明证。明代盘盏一副中的承盘，就造型而言，与元代式样相比变化不是很大，中心凸起的浅台多以莲瓣纹为饰，其风格趋于规整。湖北蕲春蕲州镇雨湖村明都昌王朱载塎夫妇墓出土金台盏一副〔图10-8-2〕，金盏式样与前举刘娘井墓出土银锺相同，承盘中心是一个矮矮的覆莲座，盘口沿铭曰：“嘉靖拾玖年贰月内造金臺盞壹副共重贰兩捌錢贰分整。”也有与《三才图会》盘盏图相类即盏为双耳者[1]〔图10-8-3〕，都算作明代盘盏亦即台盏一副的一般样式。

宴席中人手一只的酒锺尺寸固然是小，——在西人利玛窦看来，“他们的杯子并不比硬果壳盛的酒更多”[2]，但几巡过后，便常常会换取大锺，此锺每每式样别致，于是用它“劝饮”“传饮”，或曰“侑酒”。

---

[1] 如北京石景山区雍王府村出土的银盘盏一副，见北京市文物局《北京文物精粹大系·金银器卷》，图二一一，北京出版社二〇〇四年。本篇用图为参观所摄。

[2]《利玛窦中国札记》，何高济等译，第一卷第七章，页68，中华书局一九八三年。

〔10-8-1〕
《三才图会》中的盘盏图

〔10-8-2〕
金台盏一副
湖北蕲春明都昌王朱载埈夫妇墓出土

〔10-8-3〕
银盘盏一副
北京石景山雍王府村出土

明姜绍书《韵石斋笔谈》卷上《翡翠砚》一则曰：崇祯丁丑初春，偕何青丘、杨猷可、郝东星观梅灵谷，“金陵蒋生为地主，携榼集花下，出碧玉杯劝饮”。又同书《宣和玉杯记》曰：文石公大韶家有祖传宋宣和御府所藏玉杯两件，视为珍爱，“文石居平晨起，即科头坐快阁上，用五色笔批评古书数叶，巾栉后即把玩古彝鼎，展名画法书，薄暮则设席款客，令歌僮度曲，出所珍双玉，佐以文犀奇窑诸爵，琳琅溢目，坐客常满”。李玉《一捧雪》第二齣，莫怀古离家赴京之前在书斋设酌，与儿子莫昊和西席方先生叙别，席间莫怀古道：“先生洪量，何须用此小杯。”因命仆人莫诚“取古玉杯来”。及至盘龙和玉杯亦即“一捧雪”取来，宾主赏玩一回，叹为至宝，遂用它“斟酒”“传饮”。三例中的玉杯都是筵席常设之外的殊器，特用于席间传玩劝饮以助兴。再有，宴席初开，宾主礼敬，用作“把盏”的酒杯也总要别择美器。古玩自然最为珍罕，玉器则每在诸品之上，此外有镶嵌珠宝及制作精巧的金器。北京永定门外明万通墓出土一件金镶宝桃杯，金杯以老干做柄，柄上伸展出金枝金叶，金叶和杯心分别镶嵌红蓝宝石〔图10-9〕。万通为皇亲，姊姊是宪宗宠爱不衰的万贵妃，席间有这样一只把盏传饮的金杯，也只算得平常。

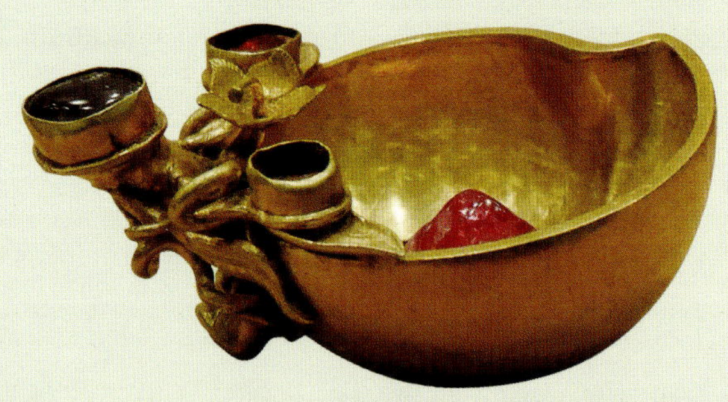

〔10-9〕
金镶宝桃杯
北京永定门外明万通墓出土

与前朝相同，一席馔器中少不得茶具，不过两宋时代茶汤多在酒后，《金瓶梅词话》中的描写却每每饮茶在先，且以果茶为常，因此总会配上一柄取果的茶匙。高濂《遵生八笺·饮馔服食笺上》论茶事曰："茶有真香，有佳味，有正色。烹点之际，不宜以珍果香草杂之。""若欲用之，所宜核桃、榛子、瓜仁、杏仁、榄仁、栗子、鸡头、银杏之类，或可用也。"以下的"茶具十六器"中列有"撩云"，注曰："竹茶匙也，用以取果。"且看利玛窦眼中的一番情景："客人就坐以后，宅中最有训练的仆人穿着一身拖到脚踝的袍子，摆好一张装饰华美的桌子，上面按出席人数放好杯碟，里面盛满我们已经有机会提到过的叫作茶的那种饮料和一些小块的甜果，这算是一种点心，用一把银匙吃。"[1] 湖北钟祥明梁庄王墓出土一柄金茶匙，细长的匙柄做出一段竹节纹，匙叶轻薄形若一枚杏叶，叶心图案为团花，花心一朵小簇花镂空做，通长 15.5 厘米，重 11.8 克〔图10-10-1〕。定陵出土的银镀金茶匙，匙叶图案造型为时尚纹样蝶赶菊，菊花的特征用花蕊来表现，却是花瓣之间镂出规整的五个细

---

[1]《利玛窦中国札记》，何高济等译，第一卷第七章，页 68，中华书局一九八三年。

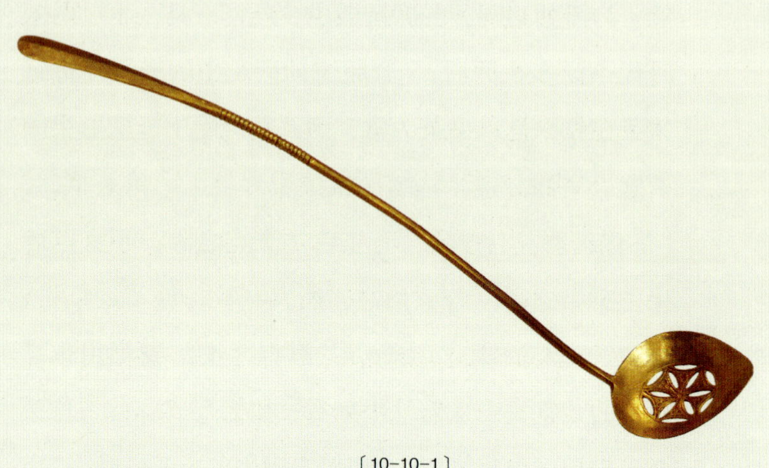

〔10-10-1〕

金杏叶茶匙

湖北钟祥明梁庄王墓出土

〔10-10-2〕

银镀金茶匙

北京定陵出土

孔；竹节纹的匙柄之端一朵如意云头，长 17.7 厘米，重 12 克[1]〔图 10-10-2〕。如此轻巧和秀逸，原是承袭了宋元金银茶匙的造型和工艺，而前一例的样式，便是《词话》中说到的“金杏叶茶匙”。

茶壶或有提梁，北京定陵出土明器中一件自铭“锡杏叶茶壶”者，为式样之一〔图 10-11-1〕。有柄有流的一种，与酒注造型的大致区别在于前者矮壮，后者瘦高。山西汾阳圣母庙明代壁画中圣母出宫的行列里并行着捧了金酒壶和金茶壶的宫女[2]〔图 10-11-2〕，正可见出茶酒器的这一分别。出自北京定陵的一把银壶为孝靖皇后物，通高 13.8 厘米，是矮壮的茶壶样式〔图 10-11-3〕。茶壶又或用古称叫它汤瓶。《词话》第二十回，“只见李瓶儿梳妆打扮”，“迎春抱着银汤瓶，绣春拿着茶盒，走来上房，与月娘众人递茶。”此银汤瓶即银茶壶。早期酒注与汤瓶的区别很小，而酒注原是从汤瓶中分化出来，长沙窑址出土的这两类器具造型几乎相同，因此有的酒注特别在器身表明“此是饮

[1] 《北京文物精粹大系 · 金银器卷》，图一七二，北京出版社二〇〇四年。按图版说明作“鎏金银勺”。

[2] 此系实地考察所见并摄影。

〔10-11-1〕
锡杏叶茶壶
北京定陵出土

〔10-11-2〕
山西汾阳圣母庙明代壁画局部

〔10-11-3〕
银茶壶
北京定陵出土

瓶不得别用”[1]〔图10-12-1、2〕。其实在日常生活中，器具的使用本来是很灵活的，《遵生八笺·燕闲清赏笺上》“论古铜器具取用”一节提到，砚炉“右方置一茶壶，可茶可酒，以供长夜客谈”。

馔席用器自然还要有大盘小碟、菜碗、汤碗以及饭碗和匙筯，不可或缺的尚有各式攒盒。故宫藏《朱瞻基行乐图》在投壶场景中绘出皇帝一个人的餐桌和餐具：果盘、菜碟，金碗四只、箸一副，金杏叶壶、金台盏以及攒盒〔图10-13〕，由此临时备下的酒食点心而可见宫廷用器之一斑。上海闵行明南京吏部尚书朱恩家族墓出土银器一组：酒注、高脚杯、双鱼盘各一，茶壶、茶锺、杏叶茶匙各一[2]〔图10-14〕。这是仕宦之家最基本的几样馔席用器。

酒器的质地仍以陶瓷为多，此外则漆木、铜锡、金银、犀玉。明以前习用的碗盏加金银釦的办法，明代已很少采用。而宋代出现的剔犀银里碗盏，此际大为盛行，剔犀之外，也还有胡桃木、香木之类，如登录于《天水冰山录》的“金厢檀香酒杯一十二

[1] “陈家茶店”执壶今藏长沙铜官窑遗址管理处，“此是饮瓶不得别用”今藏长沙博物馆，俱为参观所见并摄影。

[2] 上海博物馆《申城寻踪：上海考古大展·城镇之路》，页180，上海书画出版社二〇一四年。

〔10-12-1〕
“陈家茶店”执壶
长沙铜官窑遗址管理处藏

〔10-12-2〕
“此是饮瓶不得别用”执壶
长沙博物馆藏

〔10-13〕
《朱瞻基行乐图》局部
故宫博物院藏

〔10-14〕
银器一组
上海闵行明朱恩家族墓出土

个”“金厢香木酒杯一十个”。今藏大英博物馆的两件剔犀银里杯，其一为高脚杯〔图10-15-1〕，其一即类于《词话》中说到的“银镶大锺”〔图10-15-2〕。金银酒器的使用明初尚有所限制，谈迁《枣林杂俎·智集》“品官酒具”条曰：“一二品官酒器俱黄金，三品至五品银壶金盏，六品至九品俱银，馀人用瓷、漆、木器。按：太祖起兵间，习于节俭，又深惩贪墨，而定品官器具，不为寒乞，则所谓彬彬郁郁也。”不过豪奢风起，制度即成空文。明成化说唱词话《新刊全相说唱张文贵传》中的筵席便极见排场：“父母留儿留不住，安排打扮小官人。便在厅前排筵会，十分管待广铺陈。东边挂起神仙画，西边挂起凤归林。黑漆卓子排定器，犀皮交椅两边分。金盏金台金托子，金匙金箸插金瓶。珍馐百味般般有，四时果子及时新。”虽非纪实之作，却与实际情况相去不远。明何良俊《四友斋丛说》卷三十四记述道，“尝访嘉兴一友人，见其家设客，用银水火炉、金滴嗉。是日客有二十馀人，每客皆金台盘一副，是双螭虎大金杯，每副约有十五六两”；又洗面银盆，焚香金炉，“僭侈之极，几于不逊矣”。所谓“银水火炉”，即前引《世事通考·酒器类》中的“既济炉”，亦即水火合为一器的温酒之器，四川崇州万家镇明代瓷器窖藏中有锡

〔10-15-1〕
剔犀银里高脚杯
大英博物馆藏

〔10-15-2〕
剔犀银里锺
大英博物馆藏

制的水火炉[1]〔图10-16〕。这里说到的“金滴嗉”，应即金素壶。由北京右安门外明万贵墓出土以及河南博物院藏明螭虎双耳白玉杯[2]〔图10-17-1、2〕，可以推知“双螭虎大金杯”式样之大略。既曰“金台盘一副”，那么当有与螭虎杯纹样一致或相与呼应的承盘，这是宋元时代流行的“教子升天”演变而来的传统样式。一席宾客二十馀，人手一副金台盘，如此豪奢，《金瓶梅词话》里富甲清河一县的西门大官人也未能望其项背，不过此例却正是小说叙事的一个旁证。

《词话》中的酒事，多为西门庆家的酒事，那么也可以说是明代豪门富户之家的酒事。它当然无法与宫廷宴席相比，——不可能有彼之规模，也不可能有彼之排场，如《朱瞻基行乐图》所绘一个人的饭桌那样的排场。胸无点墨的暴发户，酒事中更不可能有士子才人的雅韵风流，文震亨《长物志》所倡言的度越俦俗之清奇又岂是西门大官人所能梦见。袁宏道作《觞政》，以历代酒经、酒谱等为内典，庄子之文、屈

[1] 成都文物考古研究所等《四川崇州万家镇明代窖藏》，页17，图二四、二九：3，《文物》二〇一一年第七期。相关考证，见小文《元明时代的温酒器》，收入《奢华之色：宋元明金银器研究》第三卷（第四版），中华书局二〇一六年。

[2] 前例今藏首都博物馆，本篇用图均为参观所见并摄影。

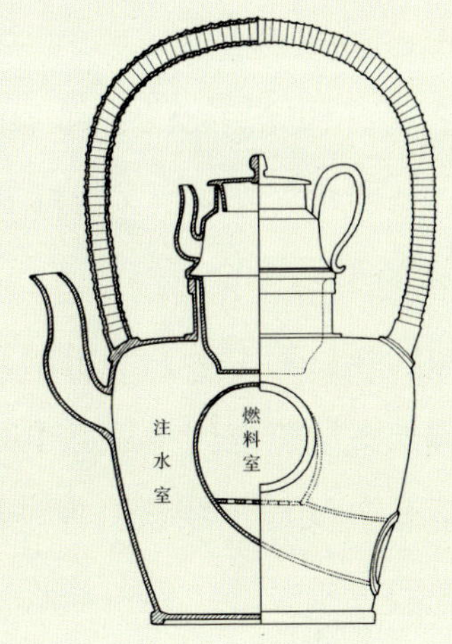

〔10–16〕
锡提梁壶（水火炉）
四川崇州万家镇明代瓷器窖藏

〔10–17–1〕
螭虎双耳白玉杯
北京右安门外明万贵墓出土

〔10–17–2〕
明螭虎双耳白玉杯
河南博物院藏

子之赋、《史记》《汉书》、陶集、白诗等有酒事并酒趣、酒韵者为外典，又特特举出《水浒传》与《金瓶梅》为逸典。《金瓶梅词话》自然不是“酒话”，不过西门庆在世的七十九回里倒有七十七回不曾离了酒，而为作者所驱遣的诸般酒事每每一石三鸟藏了布算，或草蛇灰线埋下线索，种种物理人情正可见明代酒事中的世相百态，辅“觞政”为“逸典”，袁中郎读《金》有得也。不过这里不是讨论小说，而是特欲借此一枝写实的笔去认识明代酒文化，因为此前任何一部书，关于酒事，都没有如此入微传神的细节刻画。

酒食器具，求雅，依然玉器为最，但铺展奢华，则仍以金银为要。《词话》中的酒食桌上，壶盏匙箸便多为金银。出现在书里的小金壶，银素，银执壶，团靶钩头鸡脖壶；银镶锺儿，银高脚葵花锺，小金莲蓬锺儿，小金菊花杯，大金桃杯；金台盘一副，小金把锺儿、银台盘；金箸牙儿，大都有明代实物可见。金台盘一副，前举蕲春明都昌王朱载塎夫妇墓出土者即是也。出自北京朝阳区三里屯明墓的一只金杯，高3.1厘米，口径8.1厘米，重93.7克[1]〔图10-

[1]《北京文物精粹大系·金银器卷》，图一七九，北京出版社二〇〇四年。按器藏首都博物馆，本篇用图为观展所摄。

〔10-18〕
小金把锺
北京朝阳区三里屯明墓出土

18〕，所谓“小金把锺儿”，它可以为例。大英博物馆藏一件银承盘，中心凸起一个矮矮的覆莲座，座心錾一朵灵芝，周环鱼子地上錾刻四季花卉，此即银台盘也〔图10-19〕。大金桃杯，也有前面举出的明万通墓出土金镶宝桃杯，只是如此镶嵌珍宝，尚非西门庆家用物可及。《词话》第十六回，李瓶儿早又为西门庆预备下一桌齐整酒肴，“亲自洗手剔指甲，做了些葱花

〔10-19〕
银台盘
大英博物馆藏

羊肉一寸的扁食儿，银镶锺儿盛着南酒”。出自湖北蕲春蕲州镇黄土岭明荆藩宗室墓的暗八仙寿字银镶木锺，高3.1厘米，口径4.7厘米[1]；常州博物馆藏银镶木锺，通高4.5厘米，口径5.3厘米[2]〔图10-20-1、2〕，便都是银镶锺儿。第三十四回里的“银高脚葵花锺”，衢州博物馆藏一对晚明的金高脚菊花锺或可参照[3]〔图10-21〕。银执壶，与上海闵行朱行镇明朱恩家族墓地出土之器当相去不远[4]〔图10-22〕。第三十一回“琴童藏壶觑玉箫　西门庆开宴吃喜酒”中惹出好一番热闹的银执壶，即是此类。第三十四回，书童儿买了酒食到李瓶儿房中，“教迎春取了把银素筛了来，倾酒在锺内，双手递上去”。银素，湖北蕲春明都昌王朱载塎夫妇墓出土的一把正是很标准的样式〔图10-23〕。而西门庆送给蔡太师贽见礼的“赤金攒花爵杯”，湖北

---

[1] 今藏蕲春县博物馆，此为博物馆观摩所见，照片承浙江省博物馆提供。

[2]《常州博物馆五十周年典藏丛书·漆木金银器》，页44，文物出版社二〇〇八年。

[3] 锺高10厘米，口径7.5厘米，底有铭曰“天启六年季春月余口四元造吉旦”。金锺内心则分别双钩《易·乾卦》中的“元”“亨”二字。衢州市博物馆《衢州文物精品》，页12，西泠印社一九九九年。《天水冰山录》中开列的“金高脚菊花杯一十二个”，也是这一类。本篇用图为观展所摄。

[4] 器藏上海博物馆，此为观展所见并摄影。

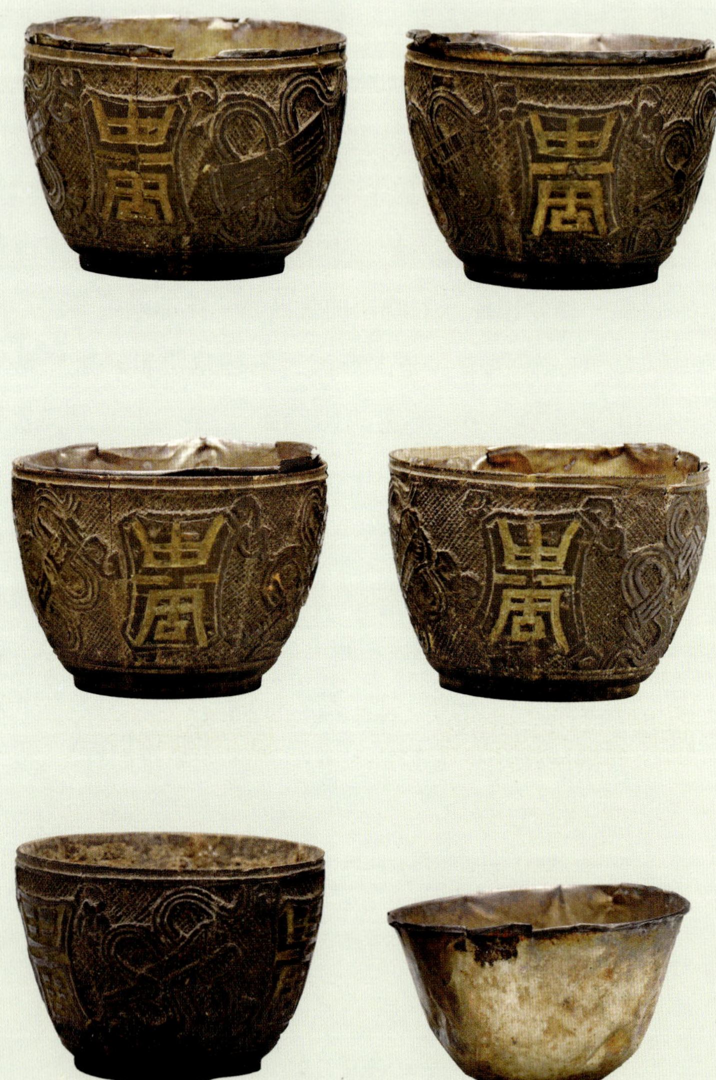

〔10-20-1〕

暗八仙寿字银镶木锺

湖北蕲春明荆藩宗室墓出土

〔10-20-2〕
银镶木锺
常州博物馆藏

〔10-21〕
金高脚菊花锺
衢州博物馆藏

钟祥明梁庄王墓出土金爵杯可以当之〔图10-24〕。至于筵席必设的果盒和攒盒，诸如方盒、罩漆方盒、彩漆方盒、小描金方盒、螺甸大果盒，在明代传世品中自是常见。开在当街的“各样描金漆器”铺以及常常是装在攒盒里的“细巧茶食”，也都是仇英《清明上河图》中的风俗画面〔图9-1、10-25〕。

明代的饭桌是逢到吃茶点心、用酒饭的时候才临时摆下，并且可以依据主人的需要随处安放。如《词话》第三十四回，西门庆陪应伯爵在翡翠轩坐下，因令玳安放桌儿。又第三十六回，西门庆陪安进士游花园，“向卷棚内下棋，令小厮拿两桌盒，三十样，都是细巧果菜鲜物下酒”。仇英《清明上河图》中的一个深宅大院里高起一座露台，上面支了布篷，下设酒桌，中间一具攒盒，四士围坐，一边立着两个童子，其中一人捧酒壶，栏杆旁的童子扇着风炉烹茶，是相类的情景〔图10-26〕。何等式样、何等大小的桌子，也要依人物多寡、人物的尊卑亲疏乃至就食地点临时择取。明宋诩《宋氏家规部》卷三“奉宾客”一节说道：“凡有贺谢多仪而来，必留，列卓，特致诚敬。”“凡有执贽而来，必留，列卓，特致诚敬，或馈以馔，或侑以币，视齿德尊贵隆以殊礼绝席。”“凡初识，留饮必列卓；凡常见，留饮必团坐。”“列卓宜丰

〔10-22〕
银执壶
上海闵行明朱恩家族墓地出土

〔10-23〕
银素
湖北蕲春明都昌王朱载塎夫妇墓出土

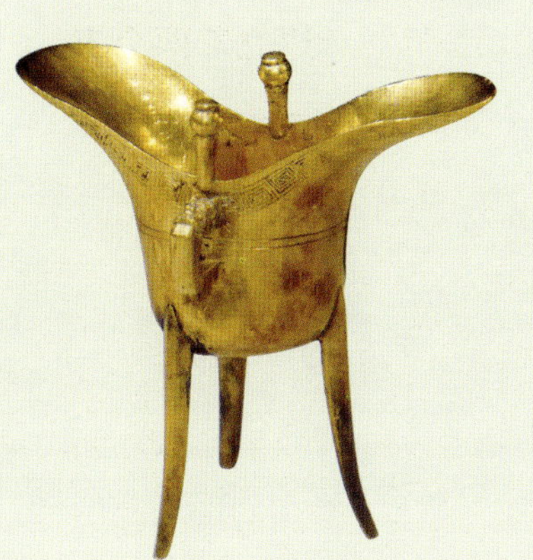

〔10-24〕
金爵杯
湖北钟祥明梁庄王墓出土

〔10-25〕
仇英《清明上河图》局部

〔10-26〕
仇英《清明上河图》局部
辽宁省博物馆藏

（用官卓），团坐宜杀（用宴儿，倪云林制，有长、中、短七卓，纵横共七十有六则）。”“杀”与“丰”相对言，减也。官卓即大桌，《词话》第五十五回道翟管家为西门庆洗尘，“不一时，只见剔犀官桌上列着几十样大菜，几十样小菜，都是珍羞美味”，正所谓“列卓宜丰”。而同书第四十九回西门庆迎请宋、蔡二巡按，“只见五间厅上湘帘高卷，锦屏罗列，正面摆两张吃看桌席，高顶方糖，定胜簇盘，十分齐整”，却是列桌的极尽丰美了。末后西门庆令手下把两张桌席，连台盘、执壶等金银器具都装在食盒内，共二十抬，一并送至二巡按的船上。如是体面的行贿与受贿实为酒事的一大妙用。当日蔡御史留下饮酒，席间西门庆央及蔡至两淮巡盐任上早放他几日盐引，蔡遂满口应承。此前西门庆说动同官夏提刑共通贪赃枉法放走杀主夺财的苗青，也是先用了酒桌上的功夫。第四十七回，西门庆把夏提刑邀到家来，“门首同下了马，进到厅上叙礼，请入卷棚内宽了衣服，左右拿茶上来吃了。书童、玳安走上，安放桌席摆设”。“须臾，两个小厮用方盒拿了小菜，就在旁边摆下，各样鸡、蹄、鹅、鸭、鲜鱼，下饭就是十六碗。吃了饭，收了家火去，就是吃酒的各样菜蔬出来，小金把锺儿，银台盘儿，金镶象牙箸儿。饮酒中间，西门庆慢慢提起苗青的事来”。这里的“小金把锺儿，银台盘儿”，原是合成一副的金盏银台，同书第七十二回，西门庆往王招宣府中赴席，与林氏见过礼之后，“因见文嫂儿在傍，便道：‘老文，你取付台儿来，等我与太太递一杯寿酒。’……文嫂随即捧上金盏银台”，即此。较之连同桌席一并送给巡按御史的金台盘成副虽然差了一等，却也不是家常所用，正如第四十九回西门庆陪着蔡御史月下饮酒，“于是韩金钏拿大金桃杯满斟一杯，用纤手捧递上去”，——酒器的使用总是用了心思的。第二十五回西门庆为蔡太师备下生辰担中的“两把金寿字壶”，即不曾见于家里的饭桌，虽然一顿早餐也是使着银器酒菜齐上：第二十二回，腊月初八日，西门庆早起，约下应伯爵，与大街坊尚推官家送殡。等了伯爵来了，西门庆道：“教我只顾等着你。咱吃了粥好去了。”随即分付小厮后边看粥来吃。“就是四个咸食，十样小菜儿，四碗炖烂：一碗蹄子，一碗鸽子雏儿，一碗春不老蒸乳饼，一碗馄饨鸡儿，银厢瓯儿里粳米投着各样榛松栗子果仁梅桂白糖粥儿。”“小银锺筛金华酒，每人吃了三杯。”

未酒，先茶，酒具的使用既非随意，茶器的选择也不能不讲究。《词话》中吃的都是果茶，因此茶锺之外，一柄茶匙是不能少的。第七回，西门庆与孟玉楼正说着话，“只见小丫鬟拿了三盏蜜饯金橙子泡茶，银镶雕漆茶锺，银杏叶茶匙。妇人起身，先取头一盏，用纤手抹去盏边水渍，递与西门庆”。第十二回写西门庆在烟花院中，“少顷，鲜红漆丹盘拿了七锺茶来。雪绽般茶盏，杏叶茶匙儿，盐笋芝麻木樨泡茶，馨香可掬”。第十五回则是同样的场地，不过把茶换了样，却也是“彩漆方盘拿七盏茶来，雪绽盘盏儿，银杏叶茶匙，梅桂泼卤瓜仁泡茶”。而第三十五回夏提刑的来访，一番光景又有不同，——“棋童儿云南玛瑙雕漆方盘拿了两盏茶来，银镶竹丝茶锺，金杏叶茶匙，木樨青豆泡茶吃了”。可知艳色漆盘，细白瓷盏，金银茶匙，是很精致的一套奉茶待客之具，而一柄茶匙在小说里不仅未曾忽略，且特别借了金、银质地的不同见出来客的身分不同。至于款待夏提刑取用的“金杏叶茶匙”，前举梁庄王墓所出者即是也。

附：西门庆的书房

曾几何时，书房似已成居所之必设，而不论文人雅士与否。瞿佑《剪灯新话》卷二《王生渭塘奇遇记》曰：

至顺中，有士族子王生，居于金陵。有田在松江，因往收租。归棹过渭塘，见一酒肆青旗高挑，生泊舟岸侧，登肆沽酒，“肆主亦富家，其女年十八，知音识字，态度不凡”。生“是夜遂梦至肆中，入门数重，直抵舍后，始至女室，乃一小轩也。轩之前有蒲萄架，架下凿池，方圆盈丈，甃以文石，养金鲫其中，池左右植垂丝桧二株，绿荫婆娑，靠墙结一翠柏屏，屏下设石假山三峰，岌然竞秀；草则金线、绣墩之属，霜露不变色。窗间挂一雕花笼，笼内畜一绿鹦鹉，见人能言。轩下垂小木鹤二只，衔线香而焚之。案上立一古铜瓶，插孔雀尾数茎，其傍设笔砚之类，皆极济楚。架上横一碧玉箫，女所吹也。壁下贴金花笺四幅，题诗于上，诗体则效东坡《四时词》，字画则师赵松雪，不知何人所作也”。此虽记梦，但后至实地，无一不验，则明代小说家笔下酒肆人家深闺布置亦如雅士之书室。明范濂《云间据目抄》卷二中的一段话更可见当日风气：“尤可怪者，如皂快偶得居止，即整一小憩，以木板装铺，庭蓄盆鱼杂卉，内则细桌拂尘，号称书房。竟不知皂快所读何书也。”

说起来，其时另有一等，虽名曰书房，却并不用作读书，附庸书房之雅而陈设，在其中也安排些风雅的节目，比方《金瓶梅词话》中西门庆的书房。第三十四回《书童儿因宠揽事　平安儿含愤戳舌》，曰应伯爵引着韩道国去见西门庆——

“进入仪门，转过大厅，由鹿顶钻山进去，就是花园角门。抹过木香棚，两边松墙，松墙里面三间小卷棚，名唤翡翠轩，乃西门庆夏月纳凉之所。前后帘栊掩映，四面花竹阴森，周围摆设珍禽异兽、瑶草琪花，各极其盛。里面一明两暗书房，有画童儿小厮在那里扫地，说：‘应二爹和韩大叔来了！’二人掀开帘子进入明间内，只见书童在书房里。看见应二爹和韩大叔，便道：‘请坐，俺爹刚才进后边去了。’一面使画童儿请去。伯爵见上下放着六把云南玛瑙漆减金钉藤丝甸矮矮东坡椅儿，两边挂四轴天青衢花绫裱白绫边名人的山水，一边一张螳螂蜻蜓脚、一封书大理石心壁画的帮桌儿，桌儿上安放古铜炉、流金仙鹤，正面悬着‘翡翠轩’三字。左右粉笺吊屏上写着一联：‘风静槐阴清院宇，日长香篆散帘栊。’……伯爵走到里边书房内，里面地平上安着一张大理石黑漆缕金凉床，挂着青纱帐幔。两边彩漆描金书厨，盛的都是送礼的书帕、尺头，几席文具书籍堆满。绿纱窗下，安放一只黑漆琴桌，独独放着一张螺甸交椅。”

翡翠轩在《金瓶梅》里不止一次提到，如第二十七回，曰“西门庆起来，遇见天热，不曾出门，在家撒发披襟避暑，在花园中翡翠轩卷棚内，看着小厮每打水浇灌花草。只见翡翠轩正面前，栽着一盆瑞香花，开得甚是烂熳”。三十四回中的一节，则是着意写出轩的位置和室内的陈设。

西门庆的宅舍，门面五间，到底七进，翡翠轩设在仪门外的花园里，园有角门，与仪门相通。轩在花园深处，前有假山，山顶有卧云亭，中腰藏春坞雪洞。翡翠轩前松墙屏路，松墙尽头接着角门入口的木香棚。这可以说是明代花园常见的布局，明人画作对此也常有细致的描绘，如沈周为吴宽所绘《东庄图》中的《耕息轩》〔图11-1-1〕、钱榖为张凤翼作《求志园图》[1]〔图11-1-2〕，如所谓“仇文合璧”《西厢会真记》中的“红娘请宴”一幅[2]〔图11-1-3〕，后者又正绘出甬路尽端一座卷棚顶的敞轩，亦即张生书房。明计成《园冶》卷一总论中说到的“前添敞卷”，以及其后“卷”条所云“厅堂前欲宽展，所以添设也”，即是此类。《词话》第四十七回《王六儿说事图财　西门庆受赃枉法》写苗青行贿、西门庆受赃的一番光景，道是“须臾，西门庆出来，卷棚内坐的，也不掌灯。月色朦胧才上来，抬至当面，苗青穿着青衣，望西门庆只顾磕着头”。崇祯本里的这一节文字与此相同，此回的绣像即据小说情节绘出卷棚和卷棚内外的场景〔图11-1-4〕。文震亨《长物志》卷一论室庐，曰“忌有卷棚，此官府设以听两造者，于人家不知何用”[3]。文氏的议论，自然是因为别存一种风雅的标准，而卷棚在明代戏曲版画中原很常见〔图11-2-1、2〕，至于状若原

[1] 两例均为观展所摄。

[2] 钱塘程氏藏，上海文明书局一九一五年珂罗版影印。按所谓“仇英画，文徵明书”，原不可信，陈长虹《“仇文合作西厢记”相关研究》于此考校甚详（《艺术史研究》第十二辑），不过所绘物事并不伪。

[3] 方以智《通雅》卷三十八“宫室”：“古者朝寝堂室，通谓之宫，廷在堂下，如今朝贺皆在丹墀，后人加广耳。或者陛上之台，如今衙堂作卷蓬乎。”

〔11-1-1〕
沈周《东庄图·耕息轩》
南京博物院藏

〔11-1-2〕
钱穀《求志园图》
故宫博物院藏

〔11-1-3〕
“仇文合璧”《西厢会真记》插图

〔11-1-4〕
崇祯本《金瓶梅》第四十七回插图

告、被告公堂对簿处，即所谓“官府设以听两造者”，也正有清楚的例子〔图11-2-3〕。

结作木香棚的木香，系蔷薇科蔷薇属的藤本植物[1]。清陈淏子《花镜》卷五《藤蔓类考》“木香花”条：“木香，一名锦棚儿，藤蔓附木，叶比蔷薇更细小而繁。四月初开花，每颖二蕊，极其香甜可爱者，是紫心小白花；若黄花，则不香，即青心大白花者，香味亦不及。至若高架万条，望如香雪，亦不下于蔷

[1] 学名 Rosa banksiae (Banksia rose)。

〔11-2-1〕
《徐文长先生批评北西厢记》插图

〔11-2-2〕
闽刻《西厢记》插图

〔11-2-3〕
《鸳鸯绦》插图

薇。”[1] 庭院里结花棚，花棚下设桌椅，可憩，可坐，可饮，明代版画中描绘出来的情景，应是当日风气之一般〔图11-3〕。

书房里的东坡椅儿，便是由胡床演变而来的交椅，山东邹城明鲁荒王墓出土明器中的交椅连脚踏可以为例[2]〔图11-4-1〕。明沈德符《万历野获编》卷二十六“物带人号”条：“胡床之有靠背者，名东坡椅。”它也曾叫作子瞻椅，元刘敏中有词调寄《感皇恩》，词前小序云“张子京以春台、子瞻椅见许，以词催之”[3]，即此。藤丝甸即藤丝垫，指椅心儿的软屉，藤丝便是把藤皮劈为细丝，然后编作暗花图案，乃软屉中精细柔韧的一种，如王世襄《明式家具珍赏》中著录的一件[4]〔图11-4-2〕。钉则指交椅转关处的轴钉，轴

[1] 《花镜》，伊钦恒校注，页257，中国农业出版社一九九五年。

[2] 今藏山东博物馆，本篇用图为参观所摄。

[3] 唐圭璋《全金元词》下册，页776，中华书局一九七九年。按宋代流行一则与此相关的故事，颇有趣。杨万里《诚斋诗话》记蜀人李珪所言东坡佚事云：“东坡谈笑善谑，过润州，太守高会以飨之。饮散，诸妓歌鲁直《茶词》云：‘惟有一杯春草，解留连佳客。’坡正色曰：‘却留我吃草。’诸妓立东坡后，凭东坡胡床者，大笑绝倒，胡床遂折，东坡堕地。宾客一笑而散。”东坡所坐胡床，应即有靠背者。

[4] 今藏上海博物馆，本篇用图为参观所摄。

〔11-3〕
《艳异编》插图
哈佛燕京图书馆藏明刊本

〔11-4-1〕
交椅连脚踏（明器）
山东邹城明鲁荒王墓出土

〔11-4-2〕
明黄花梨圆后背交椅
上海博物馆藏

钉下边还有护眼钱[1]，皆可用嵌金嵌银的工艺把它装点得华丽。明宋诩《宋氏家规部》卷四“银”条下释“减金”曰“以金丝嵌入光素之中”，是也。云南玛瑙漆，却是椅背上的装饰，即漆器中的“百宝嵌”[2]，明末有周姓者始创此法，因也名作周制。其法以金银、宝石、玛瑙等为之，雕成山水、人物、花卉等，嵌于漆器之上，大而屏风、桌椅，小则笔床、砚匣[3]。这里特别点出云南玛瑙，或即因为“玛瑙以西洋为贵，其出中国者，则云南之永昌府”（《万历野获编·补遗》卷四）。

一封书的桌儿，乃长方形的短桌[4]，翡翠轩中的一对，当是靠墙而设。“大理石心壁”，即桌心嵌着大

[1] 交椅的结构图，见王世襄《明式家具珍赏》，页25，三联书店香港分店等一九八五年。

[2] 黄成《髹饰录》，见王世襄《髹饰录解说》（修订版），页151，文物出版社一九九八年。

[3] 详见钱泳《履园丛话》卷十二《艺能》“周制”条。

[4] 清代尚保留此式。朱家溍《雍正年的家具制造考》曰，据《造办处各作成做活计清档》中木作的记载，雍正元年曾做弘德殿用的“一封书楠木桌一张，高一尺八寸，长三尺六寸，宽一尺九寸，桌边出五寸”。雍正四年，做“楠木一封书书桌一张，宽二尺二寸，高一尺四寸八分，长三尺六寸”（载《故宫退食录》，北京出版社一九九九年）。按此两例高矮的尺寸偏低，应是为了与当日的室内家具配套。

理石。所谓“画”，大约如《长物志》卷三“水石”条所云“近京口一种，与大理相似，但花色不清，石药填之为山云泉石，亦可得高价”。螳螂蜻蜓脚，则指细而长的三弯腿，又有肚膨起如螳螂肚，此多用于供桌和供案，明鲁荒王墓出土三弯腿带拖泥翘头供案、《明式家具研究》举出的供桌，可见其式[1]〔图11-5〕。古铜炉，香炉也。流金仙鹤即鎏金仙鹤，烛台也。仙鹤常常与龟合在一起构成器座，早期样式是朱雀和龟，比如陕西汉阳陵陪葬墓园出土陶龟雀磬座[2]〔图11-6〕。后世把朱雀易作仙鹤，但基本造型仍从旧式。四川简阳东溪园艺场元墓出土的两对铜烛台，烛台是龟背上的一只鹤，鹤嘴里衔一朵灵芝，其上顶着一片如意云，云朵上立着插钎[3]〔图11-7-1〕。北京庆寿

[1] 王世襄《明式家具研究·图版卷》，页123，乙136，三联书店（香港）有限公司一九八九年。

[2] 今藏陕西省考古研究院，本篇用图为观展所摄。

[3] 四川省文物管理委员会《四川简阳东溪园艺场元墓》，页80，图三五：11，《文物》一九八七年第二期。相似之器也发现于山东菏泽元代沉船。

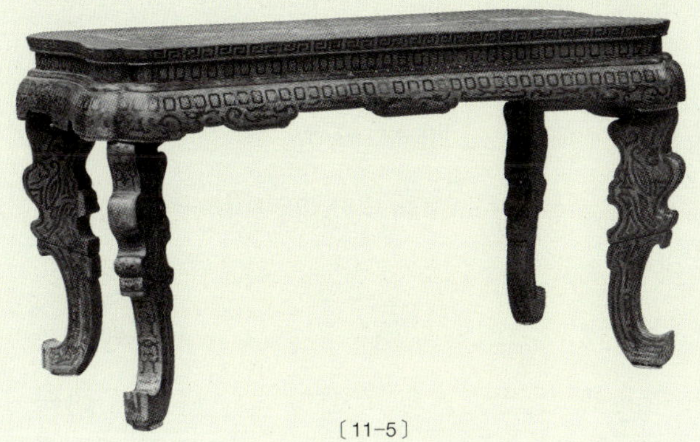

〔11-5〕
明楠木嵌黄花梨三弯腿供桌
北京法源寺藏

〔11-6〕
陶龟雀磬座
陕西汉阳陵陪葬墓园出土

寺海云塔出土式样相同的一对，时代也应大致相当[1]〔图11-7-2〕。它在明清很常见，并且流行于日本。日人寺岛良安编《和汉三才图会》十九“佛供器”一项中列有“龟鹤”，释云：“即蜡烛台也，铸成鹤与龟形。”凉床，前节《螺甸厂厅床》中已经说到。

考校名物，可知这里笔笔写得实在，处处可见时风。而若把当日文人的意见作为书房之雅的标准，则西门庆的书房便处处应了其标准中的俗。比如椅，《长物志》曰“其折叠单靠”，“诸俗式，断不可用”；“今人制作，徒取雕绘文饰，以悦俗眼，而古制荡然，令人慨叹实深”（卷六）。比如凉床，“飘檐、拔步、彩漆”，“俱俗”（卷六）。再比如挂在两边的四轴山水，屠隆《考槃馀事》：“高斋精舍，宜挂单条，若对轴即少雅致，况四五轴乎。”即连木香棚，《长物志》也别有评说：“尝见人家园林中，必以竹为屏，牵五色蔷薇于上，木香架木为轩，名木香棚，花时杂坐其下，此何异酒食肆中”（卷二）。此处须要重

[1] 此系首都博物馆举办“北京古代佛塔文物展”所见并摄影。同出尚有一对仿古铜瓶和一具鼎式香炉，展品说明称此一组为“铜五供”，定其时代为宋。按庆寿寺位于西长安街电报大楼附近，建于金大定二十六年，繁盛于金元时期，明以后逐渐衰落。参照已经发现的实物，似将这一对铜烛台定为元代物为宜。

〔11-7-1〕
铜烛台
四川简阳东溪园艺场元墓出土

〔11-7-2〕
铜烛台
北京庆寿寺海云塔出土

读的自然是“花时杂坐其下”一句。又有关于卷棚的一番意见，已见前引，而一盆“开得甚是烂熳”的瑞香花，亦非雅物，“枝既粗俗，香复酷烈，能损群花，称为‘花贼’，信不虚也”（卷二）[1]。

以写实之笔描绘生活里的细节，最是《金瓶梅》的好处。写西门庆的书房，《词话》本尤其笔致细微，用了晚明文人的标准来从反面做文章，且无一不从实生活中来，也是它成功的一处。

---

[1] 瑞香系瑞香科的常绿小灌木，学名 Daphne odora。宋人题咏最多，《诚斋集》中即有不少，所谓“绝爱小花和月露，折将一朵簪银瓶”（《瑞香》，《全宋诗》，册四二，页 26235），则案头清供也。至于“香复酷烈，能损群花”，明王象晋《群芳谱·花谱》“瑞香”条曰“此花名麝囊，能损花，宜另植”；李渔《闲情偶寄》卷五《种植部》又据此而曰“瑞香乃花之小人”。

后记

《金瓶梅》里的金银首饰，可以说是《金瓶梅》研究的小中之小，但它却是我名物研究的入口，当年写给遇安师的第一封信，就是请教关于鬏髻的问题。初衷原是为了写作酝酿中的“万历十六年”，但后来金银首饰本身已经足够吸引我不断追索其中究竟。最终政治史、思想史、经济史，都不是我的兴趣所在，即便物质文化史的分支服饰史，对我来说还是太大。我的关注点差不多集中在物质文化史中的最小单位，即一器一物的发展演变史，而从如此众多的“小史”中一点一点求精细，用不厌其多的例证慢慢丰富发展过程中的细节。

作为小说家，沈从文对出现在《金瓶梅》中的服饰自会有特别的敏感，他的《中国古代服饰研究》一书，《明代妇女时装与首饰》以及《明帝后金冠》两节都摘录了《金瓶梅》中的相关描写，只是尚未以此去考证对应的实物，必是为当时的条件所限。孙机《明代的束发冠、𩭹髻与头面》一文，是一个开创，我于是继续前行。第一篇文章《明代头面》酝酿于二〇〇二年（刊发转年第四期《中国历史文物》），算来至今已是十五年。十五年来，跑博物馆，参观展览，寻访绘画、雕刻等图像资料，国内国外，经眼与过手的器物不计其数。只是以自己的驽钝，成绩甚微，即便关注多年的《金瓶梅词话》，读“物”所得也不过收在这本书里的小小一束。有不少物事在我的《奢华之色》第二卷《明代金银首饰研究》以及《中国古代金银首饰》中都曾涉及，但这一回本意是想结合小说情节换一个角度再度认识，也因此往往彼详此略，以免太多重复。只是自己始终缺乏用文学理论来分析作品的能力，即便个人感受，也很难成为带有理论色彩的表述，“文学”到底未能成为主角。“物色”追踪的究竟是“物”，因它多存写实的成分，故可由此窥见时代风俗，而风俗中种种无关大局的细微末节，最是我的兴奋点。

唯一一点稍稍与文学有关的读“物”心得，是我以为《金瓶梅》开启了从来没有过的对日常生活以及生活中诸般微细之物的描写。不知道如此异乎寻常的关注何由发生。在唐诗中有李贺、白居易、李商隐，唐五代词有花间、尊前一派，首领自推温庭筠。白居易平朴，李贺奇幻，李商隐朦胧，温庭筠讲求字面的绮美和灵动，而笔下都有教人常温常新的物色。然而到了《金瓶梅》，此前所有的“美”，差不多都跌到尘埃，这里没有诗意也没有浪漫，只是平平常常的生活场景，切切实实的功用，成为小说中我最觉有兴味的“物”的叙事。它的文字之妙，即在于止以物事的名称排列出句式，便见出好处。它开启了一种新的，或者说是复活了一种古老的叙事方式，比如《诗·秦风·小戎》“小戎俴收，五楘梁辀。游环胁驱，阴靷鋈续。文茵畅毂，驾我骐馵”，——以“物”叙事，笔墨俭省到无一字可增减，但若解得物色，其中蕴含的丰富即在目前。再看《金瓶梅词话》第九十回，“那来旺儿一面把担儿挑入里边院子里来，打开箱子，用匣儿托出几件首饰来，金银镶嵌不等，打造得十分奇巧。但见：孤雁衔芦，双鱼戏藻。牡丹巧嵌碎寒金，猫眼钗头火焰蜡。也有狮子滚绣球，骆驼献宝。满冠擎出广寒宫，掩鬓凿成桃源境。左右围发，利市相对荔枝丛；前后分心，观音盘膝莲花座。也有寒雀争梅，也有孤鸾戏凤。正是绦环平安珇珊绿，帽顶高嵌佛头青”。——今天看来，真好比是明代首饰的一个小型展销会。而与我们所能见到的实物相对照，这些看似眼花缭乱的描写，辞藻之外，其实夸饰的成分并不多，且几乎都能举出与之对应的实例[1]。而“文”与“物”或“文”与“史”的碰合之下——准确说，是重新聚拢——所照亮的生活场景，竟是细节历历，伸手可及。不过，这恐怕又与文学研究离开的远了。

丁酉伏中

[1] 相关考证，见《中国古代金银首饰》卷二，故宫出版社二〇一四年。